Pas si simple

LUCIE CASTEL

PAS SI SIMPLE

ROMAN

HARPERCOLLINS FRANCE
83-85, boulevard Vincent-Auriol, 75646 PARIS CEDEX 13.

www.harlequin.fr

ISBN 978-2-2803-7693-8 — ISSN 2271-0256

Chapitre 1

J'enfonce la porte des toilettes de l'aéroport d'un coup de pied rageur. J'insiste sur le mot « rageur », parce que je nage en plein drame shakespearien. Comme je suis coincée à l'aéroport de Heathrow, de l'autre côté de la Manche, je fais dans la métaphore locale. Je viens juste de laisser en plan ma sœur Mélie, que je revois encore me faire de grands signes dans le couloir, sans que j'y prête la moindre attention. Depuis qu'elle est tombée d'un arbre à l'âge de cinq ou six ans — elle souhaitait prouver que l'être humain ne pouvait pas voler, ce dont l'humanité avait bien conscience depuis sa création —, Mélie a un mode de communication à part, dans un univers qu'elle seule est en mesure de comprendre.

J'enfonce *donc* cette satanée porte et j'arrache une poignée de papier pour éponger mon chaï latte, dont la moitié s'est renversée sur mon slim blanc. D'accord, un vêtement clair pour voyager… il y a plus adapté. On va dire que je n'étais pas au top de mes capacités intellectuelles quand j'ai décidé de l'enfiler. Neige blanche, pantalon blanc, sur le moment pourtant j'ai trouvé l'idée cohérente. Je manque soudain de faire glisser mon Smartphone par terre. Décidément, j'ai du mal à faire deux choses à la fois, ce qui me fait pester au téléphone :

— Je n'en sais rien, maman ! Ils sont anglais, ce sont des gens bizarres. Tu sais, le problème vient essentiellement du fait qu'ils vivent sur une île. Quand on vit sur une île depuis aussi longtemps, forcément, la consanguinité finit par faire des ravages. Disons que j'ai eu l'impression qu'il savait de quoi il parlait, quand il m'a certifié que les avions allaient finir par décoller. Comment ça, s'il avait l'air sincère ? Je n'en sais foutre rien. Non, pas *foutre*, désolée. Ils font toujours la même tête, maman ! Paniqués, heureux, malheureux... S'il était possible de savoir ce qu'ils ont dans le crâne, ça ne bloquerait pas autant du côté des décisions européennes. Non, je ne pontifie pas, je fais dans le sarcasme, c'est complètement différent.

Et voilà, elle en appelle au panthéon divin, comme si les dieux s'intéressaient au trafic aérien ! Ma mère est d'origine italienne. Elle a passé la majeure partie de sa vie en Bretagne mais, pour ce qui est des disputes, du chantage émotionnel, du mondial de foot ou de la nourriture, elle est à 200 % italienne. Cela dit, pour une fois, je la comprends : l'heure est grave. Nous sommes le 23 décembre, il est 10 heures du matin et, pour l'instant, je n'ai aucune information sur l'heure à laquelle Mélie et moi pouvons espérer rentrer chez nous. A n'importe quelle autre période de l'année, ça n'aurait pas été si grave, mais à l'approche de

Noël, tout retard sent l'apocalypse. Dans la famille Archer, Noël est sacré. Ça l'a toujours été, mais cette année plus encore : ce sera le premier Noël que nous passerons sans papa. Si, par extraordinaire, l'un des membres de notre famille — soit trois personnes hors chien et lapin — ne pouvait se joindre aux autres, ma mère ne s'en remettrait pas. C'est sans doute la raison pour laquelle elle vient de passer de deux coups de téléphone par jour à cinq en deux heures. La gestion de ces communications a eu pour conséquence de me faire renverser ma boisson chaude, arrachée dans la sueur et le sang à la longue file d'attente du Starbucks, et de m'obliger à m'exiler dans les premières toilettes venues.

L'espèce de petite ville tentaculaire, formée de halls, de niveaux et d'immenses couloirs, est complètement envahie par la foule des voyageurs, sans cesse augmentée par de nouveaux arrivants. Finalement, il n'y a qu'aux toilettes qu'il n'y a personne. Les gens ont tellement peur de rater une mise à jour des départs et arrivées des vols qu'ils stagnent devant les écrans comme des bancs de poissons. D'ici deux heures, les premiers signes de cystite vont commencer à se manifester. Avec de la chance, si ça s'éternise, dans quatre heures, la sélection naturelle mettra son grain de sel. Seuls ceux qui n'auront pas cédé au consumérisme en trompant l'ennui avec des boissons survivront. Et moi, je viens de m'enfiler la moitié d'un chaï latte, format familial.

Ma mère me parle toujours. Je l'avais presque oubliée, tant le ronron de son verbiage m'est familier.

— Ecoute, dis-je, excédée (ce qui provoque davantage la bête) je vais te laisser avant de vider toute ma batterie. Je te rappelle dès que j'en sais plus. Mais non, je n'esquive pas ! Que veux-tu que je te dise d'autre ? Quoi, comment ça « et Choléra » ? Oui, bien sûr que son sort m'intéresse. Maman, pas du tout, je... juste, j'ai pensé que ce n'était pas la priorité.

Je me dis immédiatement : *« Priorité » ? Quelle courge !*

Choléra, c'est le lapin bélier de la famille. J'ignorais que dame Nature avait le sens de l'humour, jusqu'à ce que je voie un lapin bélier pour la première fois. Je pense qu'un matin, maman Nature s'est dit : *Tiens, et si je croisais un rongeur avec un saule pleureur, ça le ferait ?* Ma mère et ma sœur ont une étrange obsession animalière, chacune à sa manière. Pour la première, il s'agit des carlins, dont elle nomme chaque spécimen Rhett. En grande fan d'*Autant en emporte le vent*, elle a même poussé le vice jusqu'à nous appeler, ma sœur et moi, Scarlett et Mélanie. Pour la seconde, ce sont les lapins béliers, qu'elle baptise immanquablement du nom d'une maladie grave, contagieuse et qui serait également vénérienne si nous la laissions faire. Actuellement, nous vivons donc sous le règne de Rhett le Quatrième et de Choléra le Bienheureux, dont le prédécesseur, Peste, a connu un décès prématuré. Choléra vient de subir une légère intervention chirurgicale : on lui a raccourci les oreilles pour lui permettre de mieux marcher. Moi aussi, j'ai longtemps sous-estimé les progrès sans limites de la chirurgie. Et voilà que j'oublie de demander à ma mère comment va ce pauvre animal ! S'il existait une échelle de cotation pour mesurer le talent diplomatique, je serais dans le négatif.

Ma mère parle toujours. Impossible de plaider ma cause, le mal est fait. J'essaie pourtant, j'ai quelques arguments que je ressors : un mois que je travaille sur un énorme projet architectural à Londres, je dors en moyenne quatre à cinq heures par nuit, je suis sous pression. Rien n'y fait. Alors, je penche la tête en arrière, j'inspire profondément — le genre d'inspiration si profonde qu'on pourrait la prendre pour la dernière — puis je fixe un instant mon reflet dans l'immense miroir. Et je crie.

Pas très loin de mon visage, un autre visage me fixe. Celui d'un homme. Nos regards se croisent, et un silence type règlement de comptes de western s'installe entre nous. Seuls les glapissements étouffés de ma mère viennent troubler cet instant qui doit décider qui de nous deux ne se trouve pas au bon endroit.

Je coupe court :

— Maman, je te rappelle.

J'essaie d'avoir l'air détaché et j'enchaîne, en anglais :

— Excusez-moi, je pense que vous vous êtes trompé d'endroit.

Il plisse ses yeux noirs, ce qui lui donne un regard reptilien.

— Ah, toutes mes excuses, répond-il dans un français parfait. Mais, pour ma culture personnelle, je serais vraiment curieux de savoir comment vous utilisez ceci ?

Il a une trentaine d'années et désigne dans le reflet du miroir une rangée d'urinoirs que je n'avais pas vue en entrant. Je me décompose. Ce qui explique que, dans un premier temps, rien d'intelligent ne sorte de ma bouche.

— Je peux vous faire quelques propositions, si vous voulez, dit-il, un sourire oblique planté sur ses lèvres fines.

Ça l'amuse, c'est bien… Lui au moins passe un bon moment.

— Des sièges bébés, dis-je alors, avec tout l'aplomb de la mauvaise foi. Enfin, ça, c'est le modèle expérimental, il n'y a pas encore la ceinture intégrée. C'est un gain de temps extraordinaire pour les mamans ou les papas seuls qui ne peuvent abandonner leur nourrisson pour aller aux toilettes.

Il marque un temps de réflexion durant lequel je me demande d'abord ce qui cloche dans le fonctionnement de mon cerveau pour me dire, ensuite, que ce malotru qui me contrarie est sacrément mignon.

— Mais comment être sûr qu'on ne volera pas les bébés ? demande-t-il, l'œil vif.

— Il y a une clé à la ceinture. Ceinture qui n'est pas en place, puisque…

— … c'est le modèle expérimental.

— Voilà !

Il acquiesce, tout en finissant de se sécher les mains.

Je reste plantée là et j'ignore pourquoi. Non, en vérité, je sais exactement pourquoi. Mon orgueil.

— Architecte ou avocate ? lance-t-il brusquement.

Tout de suite, les clichés…

— Architecte.

— Dites-moi que vous ne sévissez qu'en France.

Je hausse les épaules et décide de mettre fin à cette improbable discussion en bafouillant un « au revoir » que je sais être incompréhensible. Mélie m'attend à l'extérieur, immobile comme une statue de sel, l'air absent. Quand elle m'aperçoit, c'est comme si quelque chose s'allumait en elle et que la mécanique de son être se remettait à fonctionner.

Je m'exclame :

— Tu ne pouvais pas me dire que je m'étais trompée de toilettes !

Elle se met à refaire les grands gestes que je l'ai vue effectuer juste avant que je ne pousse la porte.

— Il me semblait pourtant que c'était assez clair, déclare-t-elle de sa voix métallique.

— Bien sûr que non ! Si faire des gestes était un bon moyen de communication, on n'aurait pas inventé le langage ! C'est bien la preuve que l'humanité s'est sentie limitée dans les nuances.

— Et le langage des signes ?

— Eux, ils sont sourds ou muets, ils n'ont pas le choix !

Tandis que nous nous dirigeons vers le hall du terminal 5, je continue de pester :

— Il y avait un type à l'intérieur. Je ne l'ai même

pas vu entrer, tu te rends compte ? Maman va me rendre dingue.

— Grand, élancé, classe et séduisant. C'est normal que tu ne l'aies pas remarqué.

— Tu sais qu'il n'y a aucun lien de cause à effet dans ce que tu dis.

— Si, il y en a un.

Ma sœur est psychologue sexologue. Pourquoi n'a-t-elle pas choisi d'être maquilleuse de clowns tristes, comme elle voulait le faire jusqu'à ses quinze ans ?

— Et, bien sûr, l'idée d'entrer dans les toilettes pour me signaler mon erreur ne t'a pas traversé l'esprit ?

— Une idée qui traverse, par définition, elle ne reste pas.

— Super.

Je sens bien que cette journée risque de passer de mauvaise à catastrophique, de douloureuse à carrément merdique. Et, dans ce domaine, on devrait toujours se fier à son instinct.

Chapitre 2

Une fois dans le hall, je scrute la foule à la recherche d'un coin où nous pourrons établir notre campement. Quelque chose me dit que notre attente ne fait que commencer. Visiblement, l'*Homo scientificus imaginatus* sait gérer quelques flocons de neige, mais pas une immigration de masse de flocons de neige. Parce que, dès qu'on dépasse un certain volume, les avions se mettent à ressembler à des trains les jours de grève : ils restent à terre et immobiles. L'annonce faite une demi-heure plus tôt nous a prévenus que tous les avions avaient du retard. Il s'en est suivi des affichages en cascade des temps d'attente. Cinq minutes, dix minutes, vingt minutes, une heure.

Je vois les visages des voyageurs figés et tournés dans la même direction : les panneaux des embarquements. De loin, on dirait les membres d'une secte attendant le message de leur gourou. Ça fait froid dans le dos, parce que le fait est que ledit gourou ne dit plus rien depuis un moment, et c'est mauvais signe. L'avantage, cependant, c'est que les gens se sont rapprochés du centre, délaissant les sièges. J'en aperçois deux, juste sur la gauche. Je m'empare de la main de ma sœur et je l'entraîne. Nous avons de la chance : pas de famille à proximité, donc pas d'enfants qui courent et hurlent partout. D'un côté, une rangée d'hommes d'affaires, dont certains disparaissent derrière un journal ou une tablette, de l'autre, un groupe du troisième âge. Géographiquement, c'est parfait, d'autant qu'on n'a qu'à se pencher pour voir les panneaux. Mélie et moi disposons nos sacs en mur d'enceinte, puis nous posons enfin nos fesses sur les fauteuils. Mon téléphone sonne. Je jette un coup d'œil à ma sœur, laquelle acquiesce discrètement. Je laisse donc la messagerie s'enclencher, même si je sais qu'il n'y aura aucun message. Un quart de seconde plus tard, c'est Mélie qui reçoit un appel.

— Oui, maman, répond-elle sur son habituel ton de système de reconnaissance vocale. Où est Scarlett ? Aux toilettes. Oui, *encore*. Eh bien, je ne sais pas quel est son problème, maman. Le fait est que les toilettes de Heathrow sont très grandes, j'imagine que ça nourrit son besoin d'espace.

Je suis certaine que mes yeux doivent sortir à moitié de leurs orbites. Je ne peux m'empêcher de chuchoter :

— Surtout n'oublie pas de m'enfoncer, ça me fait plaisir.

— Tu veux bien répéter, maman ? Il y a un bruit de fond qui gêne la conversation. Je ne sais pas d'où il vient.

J'articule en silence un « je te hais » qu'elle comprend parfaitement.

— Au fait, comment va Choléra ? Ses oreilles cicatrisent bien ? Oh ! Il marche sans problème ? C'est magnifique. Ne t'inquiète pas, ce n'est pas parce qu'elle ne demande pas de ses nouvelles qu'elle ne s'inquiète pas. Elle a beaucoup de choses en tête.

Magnifique, oui ! Maintenant, elles sont deux à faire mon procès à cause de la longueur des oreilles de ce fichu lapin.

— Je ne crois pas que nous allons rester longtemps coincées ici, affirme-t-elle un peu trop présomptueusement à mon goût. Les pires retards affichés sont de deux heures maximum. On a de la marge, d'ici le réveillon. Bon, je vais devoir te laisser, il faut que je recharge mon téléphone. Oui, maman, c'est entendu, je lui demande de faire la respiration carrée.

Je lève les yeux au ciel. La méditation, le yoga, le contrôle des émotions sont ma bête noire, comme si j'étais allergique à toute forme de domestication des sentiments.

— Il faut que tu fasses la respiration carrée, m'annonce Mélie après avoir raccroché.

— Je suis parfaitement calme. La respiration carrée, c'est pour les situations de crise.

— Ce n'est pas lorsque Bruce Banner est devenu Hulk qu'il doit penser à essayer de se calmer.

— Je rêve ou tu viens de me comparer à un géant vert qui détruit tout sur son passage en hurlant à la mort ?

— Tu ne rêves pas.

Soupir… Je plonge dans nos sacs pour trouver quelque chose à manger. Tandis que je farfouille, presque à quatre pattes, j'entends la voix d'un inconnu s'adresser à ma sœur.

— J'ai une batterie de secours, si vous le souhaitez.

Le type des toilettes !

— Oh ! Scarlett, c'est le monsieur qui se trouvait du bon côté des toilettes.

Sans blague…

— Oui, super, génial.

Je me redresse et souris de façon tellement figée que j'entends mes dents grincer les unes contre les autres. Encore un peu et je m'en déchausse deux ou trois, pour faire bonne mesure.

— C'est très gentil à vous, l'encourage ma sœur, cette folle. Je m'appelle Mélanie Archer et voici ma sœur, Scarlett. Elle aussi trouve que votre proposition est très gentille, même si elle ne peut vous le dire, du fait qu'elle gère mal ses émotions.

Mais pourquoi est-elle montée sur ce fichu arbre, ce jour-là ?

— Voilà, voilà… Il ne reste plus qu'à aborder la question de mon signe astrologique et le résultat de mes dernières analyses d'urine, et tout sera dit entre nous.

— William Hill, répond-il avec cet air cynique qui donne un peu d'humanité à ses traits froids et racés. Je suis Gémeaux et pour vos résultats, mettons-nous en Bluetooth, ce sera plus rapide que le wi-fi de l'aéroport.

William. Et merde, il est anglais !

— Vous êtes britannique ?

— Jusqu'à la moelle, j'en ai bien peur, mais on a

fait un peu de mélange pour atténuer la consanguinité. Ma grand-mère est française.

Respire carré, ma fille. C'est le moment ou jamais.

— Ah. Je... pour... tout à l'heure, à propos de ce que j'ai dit sur les Anglais...

— Excuses acceptées.

— Je n'allais pas m'excuser !

Au jeu de la mauvaise foi, je suis imbattable...

— Si, vous alliez le faire.

— Le courant passe très bien entre vous, déclare Mélie, c'est une bonne chose, car nous allons attendre un moment les uns à côté des autres.

Tournant la tête, je la fusille du regard. Je fais ça depuis qu'elle a douze ans et ça n'a jamais marché.

— Arrête, tu vas nous porter la poisse, Mélie !

— Ce ne sera pas nécessaire, annonce-t-elle sur un ton d'apocalypse, en désignant quelque chose droit devant elle.

Je suis son doigt tendu en direction des écrans d'affichage et l'horreur me saute aux yeux : tous les retards des vols se mettent à afficher en rythme le terrible mot « indéterminé ». Il y a le diable dans certains termes.

— Je vous offre un thé ? propose alors William, une expression d'ironie jubilatoire sur la figure, comme un chat devant une énorme pelote de laine.

Et moi, je déteste le tricot.

Chapitre 3

Les pieds posés sur la valise de cabine de ma sœur, histoire d'avoir l'impression d'être installée dans un fauteuil Stressless, je fixe sans vraiment y prêter attention le maudit panneau d'affichage des vols. Après le tollé provoqué par les retards « indéterminés », la foule est toujours sous le choc. Moi aussi. Je ne pense pas qu'on sera en retard pour les préparatifs de Noël, après tout ce n'est que dans deux jours, mais je sais que maman va imaginer le pire. C'est ce qu'elle fait toujours : imaginer le pire et jamais le meilleur parce que, paraît-il, ça porte la poisse de penser que quelque chose pourrait bien tourner. Comme si l'optimisme vexait les forces cosmiques.

Mélie vient juste de partir à la recherche d'un être humain travaillant dans l'aéroport afin d'obtenir un peu plus d'informations sur le sibyllin « indéterminé » qui stresse tout le monde. Elle n'est pas la seule à avoir eu cette idée. A mon avis, je ne suis pas près de la voir revenir. J'ai préféré la laisser faire : la diplomatie, c'est son rayon. Elle passe l'année à convaincre des femmes qu'elles peuvent conquérir leur désir sexuel et des hommes qu'ils peuvent réfléchir avant d'avoir une érection. Si ce n'est pas ça le vrai pouvoir de conviction, je ne sais pas ce que c'est. Elle m'a toujours reproché de considérer son métier sous l'angle du cynisme. D'après elle, c'est parce que je suis une aigrie de naissance, en matière de relations amoureuses, comme si une sorte de mention en petits caractères avait été ajoutée à mon code ADN. Je ne dirais pas *aigrie*, plutôt *désabusée.* Je suis désabusée par la tiédeur et la superficialité de la plupart des rapports humains. Le rapport amoureux en faisant partie, je ne vois pas de raison de le traiter différemment. Bien sûr, de belles histoires existent, les films et les livres transpirent assez pour nous le faire croire, mais je ne pense pas que tout le monde soit fait pour ça. *Je* ne pense pas être faite pour ça.

Quelque chose bouge à côté de moi et me tire de mes réflexions. William vient de replier son journal et son œil perçant s'est figé sur un point précis. Il a un profil royal. J'ai déjà remarqué cette particularité qu'ont certains Anglais de porter sur eux l'histoire de leur royauté. Il est grand et mince, ça aide quand on veut enfiler un costume avec allure et distinction. Des cheveux châtain clair, à peine relevés de mèches presque mordorées, indiquent ses origines du Nord. Il est du genre à prendre soin de lui et à attacher une grande importance à l'image qu'il renvoie. Rien ne dépasse. La coupe est fraîche, le visage rasé de près et pas un pli sur son costume. Un obsessionnel du contrôle. Tout comme moi. Quand on sait domestiquer sa mise, le reste suit. Le reste va. Je ne peux pas nier qu'il est séduisant. Cependant, la beauté et l'allure sont deux qualités auxquelles j'essaie d'attacher peu d'importance, car elles sont parfois trompeuses.

Mais qu'est-ce qu'il regarde comme ça ?

— Tout va bien ?

Je ne sais pas pourquoi je lui pose cette question. Après tout, nous ne sommes pas amis.

— Vous aimez le théâtre ? demande-t-il sur un ton détaché.

— Heu… oui. Enfin, ça dépend. Si ça hurle pendant trois heures du vieil anglais, j'avoue que, sans aspirine, les deux heures cinquante suivant le début du spectacle sont compliquées.

— C'est parce que vous êtes une petite nature, rétorque-t-il avant d'enchaîner, sans me laisser le temps d'en placer une : et un vaudeville ? Une pièce populaire avec une partie d'improvisation sur fond de drame social ?

De quoi il parle ?

Il sait causer, faut le reconnaître. Voix grave livrée avec le passeport britannique, diction impeccable, bref, un babillage qui hypnotise comme le serpent dans l'arbre de l'Eden ou un agent d'assurances.

— A un moment, ce que vous dites va certainement prendre sens, mais là, tout de suite, je rame un peu.

— Je parle de ce qui se trame juste devant nous, là…

Je suis ses indications et j'observe un groupe de personnes installé en face de nous. Le mélange est improbable. D'un côté, une famille composée d'un couple de moins de trente ans et de quatre enfants en bas âge. L'homme et la femme se ressemblent, on dirait deux petites brioches dorées. Les enfants remuent en cadence, comme s'ils avaient pris la même drogue. Les parents ont l'air fatigués et dépassés, et je lis dans leurs yeux que quatre gosses, c'est au moins trois de trop. De l'autre côté, un univers diamétralement opposé. Une jeune femme tout droit sortie d'un magazine de mode et celui que j'identifie comme son petit ami, le même modèle en version métrosexuel. Leurs bagages sont tous signés d'une grande maison, à l'image de leurs vêtements. Ils m'évoquent des hommes-sandwichs faisant la publicité pour une enseigne, sauf que leur écriteau est plus ajusté. Les deux clans sont comme l'huile et l'eau, ils se tournent autour sans pour autant se mélanger. Soudain, je comprends ce qu'essaie de me dire William. La jeune maman vient d'armer l'un de ses bambins. L'inconsciente ! Elle lui a donné un énorme jus d'orange. Le gobelet fait presque la moitié de la taille du chérubin.

— Je parie sur le petit troll.

Je sais d'expérience que plus c'est petit, plus c'est hargneux.

— Je crois que vous sous-estimez la gazelle manucurée, réplique-t-il avec l'aplomb d'un bookmaker.

Mon cœur bat légèrement plus vite sans que je sache pourquoi.

— Si elle se trouvait dans le parc du Serengeti, elle ne serait pourtant pas bien haute dans la chaîne alimentaire, votre gazelle. Peut-être au-dessus du lièvre sauteur, mais clairement en dessous de la civette.

— Amatrice de reportages animaliers ?

— Et insomniaque. Vous aussi ?

— Quand Sharkuran, la plus jeune hyène de la meute, a été trahie par sa propre sœur et bannie, j'ai mis deux semaines à m'en remettre. Elle était innocente.

Je le fixe. Rien ne transparaît sur son visage légèrement creusé. Je sais qu'il plaisante, mais il me collerait presque le doute tant il a l'air sérieux et froid.

— Simple curiosité : vous êtes insomniaque parce que vous avez un métier stressant, ou parce que vous êtes un *serial killer* dont le gros de l'activité se déroule la nuit ?

Je vois le noir de ses yeux s'animer à nouveau d'une étrange lumière. Je ne sais pas encore si je trouve ça plaisant ou angoissant.

— J'ai une galerie d'art à Londres.

— Ah oui ? Où ?

J'ai l'air un peu trop intéressée. Ma spontanéité m'a toujours joué des tours.

— Pas très loin d'Oxford Street.

Rien que ça !

Je comprends mieux la coupe impeccable du costume.

— Attention, il y a du mouvement dans le Serengeti, déclara-t-il.

Tournant la tête vers nos deux familles, j'assiste ni plus ni moins au déroulement d'un attentat. Le petit troll vient de se mettre en tête de courser sa sœur pour un crime visiblement odieux à ses yeux, et, ce faisant, ne voit pas le danger poindre. Il est le seul, d'ailleurs. Soudain, la chute. Il se prend les pieds dans les roulettes d'une des valises, et je vois s'envoler au ralenti, comme dans une publicité pour un gel douche, l'énorme gobelet. Deux secondes trois dixièmes plus tard — soyons précis et rigoureux pour le rapport de police qui sera sûrement établi après —, récipient et contenu s'étalent en étoile sur l'ensemble des bagages griffés. Suit alors un instant de grâce, durant lequel le temps se fige. Puis un hurlement strident perce l'air. La gazelle en Louboutin a de la voix, à défaut de crocs. Et c'est parti pour le vaudeville ! Les mâles de chaque clan se sentent obligés d'intervenir, tandis que les deux femelles s'envoient des horreurs à la figure.

Ma sœur arrive au moment où je me fais traduire par mon voisin un mot d'argot anglais dont je n'ai pas saisi le sens, mais qui semble avoir un rapport avec un outrage fait à une chèvre.

Je la mets immédiatement sur le gril.

— Alors ?

— Alors, je ne sais pas ce qui se passe, mais tout le monde semble énervé, répond-elle en soupirant.

Je remarque que William la dévisage autant que moi.

— Mélie, tu n'as pas suivi le début de l'histoire ou quoi ? Tous les vols sont retardés pour une durée *indéterminée.*

— Pourquoi tu me dis ça ? Je le sais bien et je ne vois pas le rapport avec le fait que tout le monde est en colère.

La chute. Cette foutue chute.

— Passons… Tu as eu plus d'informations ?

— Sur quoi ?

— Sur la durée exacte du retard.

— Ah. Non.

Je vide la totalité de l'air de mes poumons.

— Je sais juste que, d'après leurs prévisions, la tempête devrait se calmer dans l'après-midi et que tous les vols devraient partir en début de soirée.

— Donc, on va attendre jusqu'à ce soir, en gros ?

— Oui.

Posant le menton sur mes paumes, je prends le temps de réfléchir. Finalement, je demande :

— Quelqu'un a une idée pour un plan B ?

— On peut tenter de rejoindre Saint-Pancras pour prendre un Eurostar ? suggère William. Je regarde ce qui reste comme départs disponibles.

Je jette un coup d'œil à ma sœur. Je ne sais pas encore si j'apprécie qu'il nous inclue dans son plan B. Je suis partagée entre un certain plaisir à continuer cette drôle d'aventure avec lui et l'agacement de l'avoir à mes côtés encore pendant un moment.

— Bien, on oublie le plan B, tout est complet jusqu'au 3 janvier. Plan C.

— « Plan C » ? répète ma sœur. Mais l'existence du plan B n'implique-t-elle pas qu'on n'ait justement pas eu besoin de créer un plan avec une autre lettre de l'alphabet ?

— Je crains que nous devions contrarier l'histoire, réplique William sur un ton aimable que je pense sincère et qui me touche, parce que tout le monde n'a pas l'ouverture d'esprit pour discuter avec ma sœur.

Une idée frappe soudain mon esprit.

— D'accord, alors, si on ne peut pas traverser la Manche par-dessus ou par-dessous, il nous reste à le faire en prenant la mer.

— Le ferry ? Je regarde s'il reste des départs dans les ports.

— C'est très gentil de chercher, commente ma sœur. Votre voyage doit être vraiment important pour qu'il ne vous soit pas possible de le reporter.

— Je dois rencontrer un artiste pour signer avec lui un contrat d'exclusivité, et je sais que nous sommes plusieurs sur le coup. Si je reporte, mes concurrents vont empocher le contrat. S'il le faut, j'irai à la nage jusqu'aux rives françaises. Mais j'aimerais autant éviter, je ne suis déjà pas très bon nageur en haute mer par temps couvert, alors en hiver et avec une tempête de neige qui sévit…

Je ne peux me retenir d'intervenir :

— Petite nature !

— Je suis anglais. Pour les entreprises inconscientes et risquées, je laisse les Allemands et les Français gérer pour moi.

Touché. Je tends le cou légèrement dans sa direction.

— Alors, que dit l'oracle Smartphone ?

— Il dit qu'il y a un départ le 25 à 8 heures du matin.

— Rien avant ? interroge Mélie. Avant comme le 24 ?

— Rien de rien, j'en ai peur.

Ma sœur et moi échangeons un regard désespéré. Le 25, c'est bien trop tard pour le cœur de notre mère.

— L'hôtesse que tu as vue t'a certifié que les avions se remettraient à décoller en fin de journée ?

— Oui. Elle m'a dit que ce genre d'intempéries durait rarement plus de quelques heures.

— Bon, il est 11 h 10. D'ici ce soir, ce serait un comble que ça ne se dégage pas !

J'essaie de m'en convaincre, car, après tout, je n'y connais rien en météo. En fait, l'histoire nous prouve que personne ne s'y connaît vraiment. On fait juste semblant.

Je finis par trancher :

— Tant pis ! Prenons des billets sur ce ferry au cas où les avions ne décolleraient pas. Si jamais tout se passe bien, on n'aura perdu qu'un peu d'argent et sauvé notre mère d'un infarctus et du déchaînement des forces divines.

Nous décidons de réserver des billets en ligne sur le site du port de Douvres. Je n'ai jamais pris le ferry, j'en avais même oublié l'existence avant ce jour. Comme j'ai du mal à me débrouiller avec ma connexion, William se penche vers moi pour me montrer le chemin d'accès vers le lien de la réservation. Il sent le vétiver et le cèdre. Je vois l'arête de sa mâchoire et sa peau tendue par des pommettes saillantes, presque coupantes. Il doit se plier, car je suis bien plus petite que lui. L'envergure de ses épaules m'aurait fait de l'ombre, si nous avions eu le soleil dans le dos. Mon bras touche le sien et mon cœur bat légèrement plus vite. Assez pour que je m'en rende compte. Mes yeux sont distraits par la forme de son torse que je devine sous la veste ouverte et la chemise ajustée. Je suis distraite. Quelques secondes.

— Voilà, billets achetés, Mélie ! Je te charge de l'annoncer à maman.

— J'ai répondu au dernier appel, proteste-t-elle.

— Oui, et moi, j'ai acheté les billets.

— J'ai parlé à l'hôtesse et elle était diabolique.

— J'ai fait toute la recherche Internet, intervient William. Je ne suis pas sûr d'avoir compris les règles du jeu, mais ça a l'air drôle.

Je soupire. Encore.

— Au fait, demande soudain ma sœur, quelqu'un peut-il m'expliquer pourquoi deux femmes sont en train d'essayer de s'arracher les cheveux sur un tas de valises Vuitton ?

— C'est la loi de la nature, ça, Mélie, et c'est cruel. Moi, j'ai parié sur le troll, tu peux encore choisir ton camp.

— A ce propos, je note que ma gazelle est en train de gagner, me fait remarquer William avec un air de triomphe.

Fichue sélection naturelle.

Chapitre 4

Comme toutes les personnes prisonnières de Heathrow depuis maintenant cinq heures, nous attendons qu'un miracle météorologique et technique se produise. Le personnel de l'aéroport a été assez sournois pour nous maintenir dans le suspense insoutenable du : *ça* ne décolle pas, mais *ça* pourrait décoller à tout moment. Alors on reste plantés là où on se trouve, et on espère. Certains ont émis l'idée de rentrer sur Londres, mais la peur panique que le shuttle cesse lui aussi de fonctionner les a vite fait changer d'avis. Il me semble que la population de notre hall a cessé de croître. La nouvelle des annulations de vols a dû atteindre ceux qui n'étaient pas encore partis, et ils se sont bien gardés de mettre un pied dehors sans être certains d'un retour à la normale. Les bienheureux !

— Je mangerais bien des nouilles chinoises, déclare brusquement Mélie avec son sens de la formule qui ignore toute forme de transition.

— Bonne idée ! acquiesce William qui ne peut que se sentir associé à la proposition, puisque Mélie le fixe avec insistance.

Je soupire. Ils prennent ça pour un « oui ». Ce n'est pas que ça me contrarie, mais en fait, ça me contrarie. Je n'aime pas ce que je ressens. Depuis ce matin, je suis énervée par notre retard pris en partant de l'hôtel, puis à l'annonce des annulations de départ. C'est clair et limpide dans ma petite tête : je suis en colère. J'aime quand c'est cohérent et d'une seule couleur. Mais quand je regarde William, j'ignore ce qui se passe en moi ; autre chose vient concurrencer ma colère. Et je n'aime pas ça. Je déteste me focaliser sur ses yeux noirs en me demandant comment ils peuvent être aussi foncés. C'est vrai, quoi… D'habitude, on distingue au moins un peu la pupille, histoire d'avoir une indication sur les pensées et les humeurs. Sauf que là, rien : ce sont deux billes noires luisantes d'intensité, qui vous scrutent et vous dissèquent. C'est du moins l'impression désagréable que j'ai. Que pourrait-il bien voir, de là où il se trouve ? J'ignore si j'ai envie de le savoir, ou si je prie pour qu'il n'ait pas conscience de ce pouvoir. Cela dit, il faut bien avouer que cette rencontre a un léger goût de miracle. D'habitude, je suis assez peu sociable et clairement sexiste, ce qui fait que la plupart des hommes me laissent totalement indifférente au mieux, profondément navrée au pire. Ce n'est pas leur faute. C'est juste ma façon de les voir. Ma sœur me dit que reconnaître ses torts n'en diminue pas la gravité. C'est faux. Une fois, un grand sage, ou un moine errant pouilleux, a dit : « Faute avouée est à moitié pardonnée. » Et puis, pour être parfaitement franche, je n'aime guère plus les femmes.

Mais comme je crois en les vertus de la solidarité féminine, je fais un effort.

Donc, voilà bien le miracle : je n'ai pas envie d'arracher les beaux, les étranges yeux noirs de William, ni même de rouler les miens dans leurs orbites en soufflant un « sérieux ? » un brin méprisant. Tout au fond de moi, je crois que j'aime bien l'idée d'être coincée avec lui pendant un temps indéterminé. Et c'est ce sentiment qui se dispute ma colère et me fait me sentir si nerveuse.

Nous sommes à présent installés aux immenses tablées rectangulaires du restaurant Wagamama, ma sœur m'ayant placée à côté de William. Mélie est directement branchée à mon cerveau et n'ignore rien de mes interrogations. Tout ça l'amuse, sans nul doute. Après tout, c'est dans sa nature : les petites sœurs ne naissent que pour tourmenter leurs aînés.

— Alors, lance William à mon attention, sur quel projet architectural travaillez-vous à Londres ?

Je ne peux m'empêcher d'arrondir les yeux et ma réaction semble l'intriguer.

— Nous sommes enfermés dans un aéroport, à avaler des *noodles* dont on n'est pas sûr qu'ils aient passé toutes les étapes de la chaîne du froid. Je fais donc dans la discussion mondaine, se justifie-t-il alors. C'est mon côté anglais.

J'acquiesce. La créature marque un point.

— Je travaille pour un complexe hôtelier de luxe. Ils veulent réaffecter une grande maison de maître, dans le quartier de South Kensington.

Il laisse planer un silence. Je sais exactement où il veut en venir. Décidément, je suis piquée par son côté joueur et les étincelles que je vois dans son regard. J'entre dans la danse.

— C'est à moi de relancer ?

— Si nous restons sur le même registre de cordialité, la discussion mondaine implique un échange, voire une collaboration, mais allons-y doucement.

— D'accord…

Le fait est qu'il me trouble et que, là, tout de suite, je ne sais pas trop quoi dire.

— Pas de pression : quelle que soit votre question, je ferai semblant d'être intéressé, m'aide-t-il avec délectation.

— Ah oui, la simulation. C'est un peu votre truc, à vous, les Britanniques ?

— Parfois, à force de faire semblant, le plaisir vient.

— Et ça ne vous fait pas un choc ?

— Si. Du coup, on boit pour oublier.

— Je vous l'ai déjà dit : la sodomie doit être une pratique parfaitement acceptée par les deux partenaires, sinon, vous allez la vivre comme une agression, déclare soudain Mélie sur un ton de répondeur.

Je crache la gorgée de bouillon que je viens à peine de porter à ma bouche. Je tourne la tête vers ma sœur. Elle parle au téléphone. Quand a-t-elle reçu un appel ? Comme elle remarque que William et moi sommes suspendus à ses lèvres, l'air atterré, elle pose la main sur le micro de son téléphone avant de chuchoter :

— Désolée, une urgence.

J'éponge la sauce répandue un peu partout sur la table, avant de poursuivre, sans dissimuler mon agacement et ma gêne.

— Une urgence ? Comment ça, *une urgence* ? Tu n'es pas neurochirurgien que je sache, tu es sexologue. Comment peut-on avoir une urgence de... de...

— De sexe ? suggère William en me tendant une autre serviette.

— C'est ça !

— Eh bien, si tu n'étais pas totalement fermée au sujet, tu comprendrais qu'il y a des moments où ça peut être une urgence, me répond Mélie sur son ton obstinément neutre.

— La sodo...

Je m'interromps en me contentant de charger mon expression d'autant de réprobation que possible. D'habitude, je ne me formalise pas de ces drôles d'interventions, mais, cette fois, je me sens particulièrement mal à l'aise.

— Ma patiente vit des moments intimes très compliqués en ce moment, Scarlett. Je ne te fais aucun reproche quand tes clients t'appellent au beau milieu de la nuit parce qu'ils se fichent du décalage horaire et qu'ils ne trouvent pas l'interrupteur.

— Ils m'appellent pour des questions de sécurisation d'un bâtiment censé abriter plus de deux mille personnes !

— C'est bien ce que je dis : chacun ses urgences, conclut-elle selon une logique qu'elle seule peut comprendre. Ne fais pas de hiérarchisation.

Elle met fin à notre conversation en reprenant celle avec sa patiente. Je reste une seconde silencieuse, ne sachant comment enchaîner, et sentant sur moi tout le poids du regard de mon voisin.

— Je ne fais pas de hiérarchisation.

Je grommelle. Je m'en veux quand je le fais, mais c'est plus fort que moi, je ronchonne comme une petite vieille.

— C'est un enfer…

— La sodomie ou les nouilles ? demande William en contenant mal un sourire.

— Je suis ravie de voir que tout ceci vous amuse.

— Et je suis ravi que vous soyez ravie. Vous avez de la soupe sur la joue.

Splendide…

— Ça vous met si mal à l'aise ? renchérit-il.

— Quoi ?

— Les questions de sexe ?

— Avec des inconnus ? Bien sûr !

— Nous avons parlé innovation décorative dans les toilettes pour hommes et on a réservé un ferry ensemble, je pense que nous pouvons considérer que nous ne sommes plus tout à fait des inconnus.

— Ah bon, alors, allons-y, abordons le sujet du *Kama-sutra*.

— Holà, tout dépend quel chapitre ! Je refuse d'y mêler la politique.

J'ai envie de rire, mais mon orgueil prend le dessus.

— Je sais très bien ce que vous faites, je connais les hommes comme vous.

Voilà, je me suis retenue pendant plusieurs heures avant de lui assener mon sexisme naturel et ma profonde croyance dans le fait que la majorité des hommes sont des créatures fort peu fréquentables.

— Ah, répond-il sans que je perçoive chez lui une once de vexation qui aurait pourtant été légitime, et à quelle sorte d'espèce suis-je censé appartenir ?

— Les observateurs cyniques et brillants.

— J'aime bien, même si j'aurais préféré *pervers narcissiques* pour être à la mode.

— Mon embarras vous amuse, la particularité de ma sœur aussi.

Je sens que je perds le contrôle de mes propos. Je lui laisse voir certaines blessures et je m'en veux d'être aussi à fleur de peau face à quelqu'un que je ne reverrai sans doute plus jamais de ma vie. Son visage perd de son affabilité et je crois distinguer comme une ombre.

— Quand bien même, reprend-il avec plus de sérieux, *quand bien même* je vous trouverais amusantes, est-ce si insultant ? La plupart des gens apprécient d'être drôles.

— Pas quand l'amusement flirte avec la moquerie.

— C'est ce que vous croyez que je fais ? Que je me moque ?

Il me paraît soudain terriblement grave, comme si de la suite de la conversation dépendait quelque chose d'essentiel, excepté que j'ignore quoi.

— Non, je… l'habitude.

Je bafouille le dernier mot. Une impression étrange se dégage de lui, un mélange de charme et de distance qui compose un cocktail détonant et pousse à la confidence.

— J'aime les gens qui me surprennent et me font rire, me confie-t-il, en laissant son regard se perdre sur le cortège des gens qui défilent devant nous. La plupart du temps, ils m'ennuient et, croyez-moi, il n'y a rien d'enviable à être mortellement ennuyeux.

— D'accord, alors je vais considérer les étincelles que je vois dans vos yeux et votre sourire en coin comme des compliments.

— Et vous ferez bien, parce que c'est le cas.

— Non, la fellation c'est un autre sujet, il ne faut pas tout confondre, déclare encore Mélie.

— Clairement, ce n'est pas la même zone d'opération, corrobore William avec un sérieux de parlementaire.

Je le fixe et j'éclate de rire. Ça ne m'est pas arrivé depuis une éternité et probablement jamais avec un homme, excepté mon père. Une certaine légèreté s'insinue en moi et je me surprends à respirer mieux et plus librement.

— Je donnerais n'importe quoi pour assister au débat de ce couple avant leur câlin et au débrief juste après, ne puis-je m'empêcher de dire.

— Je pense que c'est là leur problème, ils en parlent trop sérieusement.

— Puisque nous en sommes à faire dans les mondanités…

— Oh non, ça, c'est une conversation complètement déplacée, on est très loin des mondanités, me corrige-t-il en souriant.

— Bon, puisque nous en sommes aux *conversations totalement déplacées*, allons-y franchement.

— Je suis prêt.

— Vous ne pensez pas que la question du sexe est importante dans un couple ?

— A mon avis, c'est plutôt une sorte d'accessoire, me répond-il. Si on discute de tout le reste, alors le sujet du sexe suit naturellement. Quand on ne se dit rien à propos du reste et que, par conséquent, on ne se connaît pas, il devient alors un enjeu et un débat. J'aime l'idée de laisser l'instinct et la pulsion prendre le dessus dans ce domaine. Si on connaît bien l'autre, il n'y a aucun risque d'incompréhension, on peut débrider les deux en toute confiance.

Je l'observe. J'espère qu'il est sincère. Ce qu'il dit me touche, parce que, pour être honnête, j'ai toujours plus ou moins raté le module « communiquer dans le couple ». Non que j'y sois réfractaire, mais je suis toujours tombée sur des partenaires qui pensaient que le mot « verbaliser » était réservé à la police municipale pour les automobilistes mal garés.

— C'est ce que vous avez réussi à faire dans votre couple ?

Subtile, élégant, raffiné. Je fais très fort. Il se met à rire. Il a une voix magnifique.

— C'était un peu trop français comme question, c'est ça ?

— A peine, me répond-il. Je ne suis pas en couple.

— Vous voyez, votre quart français vous fait admirablement gérer ma curiosité et mon manque de tact.

— Veuf.

Je suis prise d'un hoquet.

— La vache ! Il est quand même très présent, votre quart français, dis-je, manquant presque de souffle.

— Tout va bien, me rassure-t-il avec un air affable, ça fait six ans.

— Mon Dieu, c'est tôt pour un veuvage…

L'émotion remonte et me trouble la voix. Elle me renvoie au décès de mon père. Je sais quelle plaie ouverte provoque le dernier voyage des défunts.

— Et vous ? embraye-t-il.

— Célibataire. Tout comme ma sœur, ma mère et le chien de la famille.

— Et le lapin ?

— Veuf aussi.

— C'est moche.

— C'est pour ça que nous pensons l'inscrire sur des sites de rencontres.

— Mauvaise idée, m'assure-t-il.

— Vous avez tenté ?

— Oui…

Il soupire avec emphase.

— … Fréquenter d'autres gens qui cherchent leur moitié selon des critères objectivement calculés par une base de données *est* une mauvaise idée.

— Justement, j'hésitais.

— Vous n'en avez nul besoin. Rien qu'avec votre histoire de sièges bébés installés dans les toilettes pour hommes, vous emballeriez n'importe qui.

— Pour hommes *et* pour femmes. On essaie d'éviter les procès pour discrimination.

Soudain, je réalise ce qu'il vient de sous-entendre. Je sens que je rougis, je *sais* que je rougis.

— Tiens, fait-il alors, votre sœur a disparu.

— Q... quoi ?

Je me retourne : effectivement, la place occupée par Mélie est vide. Je ne l'ai même pas entendue se lever. Depuis quand n'est-elle plus là ? Je n'y prête pas attention tout de suite, mais j'ai eu le réflexe de poser la main sur l'avant-bras de William. Un geste que j'ai fait naturellement, *d'instinct*. Je la retire trop vite pour que ça passe inaperçu, pourtant, il ne montre aucune réaction, comme si ce contact était familier.

Je regarde tout autour de nous, mais Mélie reste introuvable. Je me dis qu'elle est probablement aux toilettes. Je décide de me ressaisir et d'évacuer mon trouble.

— Parlez-moi de cet artiste que vous devez absolument rencontrer à Paris.

Je passe, assez vite et bien maladroitement, à un sujet politiquement correct, ni trop personnel ni trop impersonnel. Le juste milieu.

— Il peint des vagues au couteau.

J'ouvre grand les yeux et sûrement un peu la bouche. Je dois avoir l'air d'une carpe.

— Sur des toiles grand format... C'est magnifique. Vraiment, ajoute-t-il.

— Désolée, ne prenez pas mon silence pour du

désintéressement. J'essaie juste de visualiser. Comme je ne sais pas faire deux choses à la fois…

— Je vais vous aider.

Il sort son Smartphone et pianote quelques secondes avant de se pencher vers moi et de positionner l'écran devant mes yeux. Je n'y vois pas grand-chose, du fait de la mauvaise inclinaison. Je pose mes doigts sur les siens et j'ajuste. Consciemment ou non, je laisse ma main contre la sienne en regardant les photos des œuvres de cet artiste. Je sais que son visage est tout prêt du mien et je me surprends à me demander si je suis au mieux de ma forme.

C'est mauvais ça, ma fille…

Nous continuons à parler un long moment encore. De tout et de rien. C'est facile. William a cette capacité de vous faire croire que ce que vous dites est important. Je remarque que lorsqu'il s'agit de lui, il sait admirablement botter en touche avec cette pointe d'humour noir, typiquement britannique, typiquement *lui*. J'apprécie qu'on ne se dise pas tout, qu'on ne rentre pas dans nos vies, qu'on reste pudiques et évasifs. Ça rend la relation feutrée et déconnectée de la réalité. Comme dans un rêve.

Soudain, j'entends du bruit à ma droite. Mélie vient de sortir de sa dimension démoniaque et se rappelle à notre bon souvenir.

— Où étais-tu passée ?

— Ne fais pas semblant, après coup, d'avoir remarqué que j'étais partie, note-t-elle avec tendresse et clairvoyance.

— J'avais remarqué.

— Depuis quand ?

— Un moment.

— Un tout petit moment, nuance William.

— Merci pour la trahison.

— Oh ! « la trahison », on l'a un peu inventée, reconnaît-il.

— Je ne sais pas si ça vous intéresse toujours de savoir combien de temps nous allons rester ici, mais vraisemblablement, aucun vol n'aura lieu ce soir.

Je marque un silence. Quelle heure peut-il être ? Je vérifie ma montre : 19 h 30. Fichtre, je n'ai vraiment pas vu le temps passer ! Tout un tas de questions se bousculent aussitôt dans ma tête.

— Pas la peine, oui et évidemment, fait ma sœur.

Parfois, elle m'effraye. Non, en fait, elle m'effraye constamment.

— Une petite traduction pour ceux qui ne sont pas branchés à votre wi-fi ?

Que William se rassure, moi non plus, je ne suis presque jamais branchée au wi-fi de Mélie. Peut-être les habitants de Pluton…

— *Pas la peine* de chercher à se loger dans Londres, *oui*, la compagnie aérienne propose de mettre à disposition des chambres d'hôtel à l'aéroport pour la classe affaire, et *évidemment*, il faudra le dire à maman.

— Comment sommes-nous censées procéder ?

— Eh bien, tu vas dans le répertoire de l'un de nos téléphones, et tu cliques sur « Maman ».

— Je veux dire pour l'hôtel.

— Il faut se rendre au guichet de la British Airways et voir avec les agents, poursuit Mélie. Il y a déjà pas mal de personnes qui attendent, alors je pense qu'on devrait y aller.

Un instant de flottement nous fige. Je ne sais pas trop ce que je ressens, mais c'est comme une sorte de rupture. William habite à Londres, il est logique qu'il reparte chez lui. Je continue mes questions :

— Et quand pensent-ils nous faire décoller ?

— A la première heure demain, répond ma sœur. Je suppose qu'il faudra se tenir prêtes vers 6 heures pour être sûres.

— Je vois.

Je mets quelques secondes à me lever de mon siège et j'éprouve comme une gêne à croiser le regard de William.

— Bon, je suppose que nous nous reverrons demain…

Au fond de moi, je sais qu'il y a peu de chances. Il n'a peut-être pas l'intention de persister dans son idée de partir en France, lui qui se trouve déjà dans son pays. Après tout, le réveillon, c'est demain soir. Mais je n'ai pas la force de lui dire au revoir, tout comme je n'ai pas la force de lui demander son numéro de téléphone. Des années de trouble des rapports humains laissent forcément des traces. J'envisage juste de m'éloigner, comme si nous n'allions être séparés qu'une heure ou deux.

— Si vous voulez, vous pouvez me laisser votre numéro de téléphone, comme ça, nous pourrons vous tenir au courant des départs des avions de notre compagnie, demain matin.

Bien sûr, c'était sans compter les super pouvoirs de Mélie.

— Bonne idée, répond William avec naturel, comme si tout ceci était anodin.

Parce que *tout ceci est anodin*, c'est seulement moi qui colle des sous-entendus entre toutes mes lignes. A force, je me fatigue moi-même à me poser des questions.

Une fois le numéro livré, William nous souhaite de passer une bonne soirée et je le vois disparaître dans le flot des autres voyageurs en rangs serrés. J'éprouve une sorte de déception face à cette indifférence. Il est parti comme ça, sans se retourner. J'aurais aimé qu'il me donne l'impression que ce moment était spécial. Assez *spécial* pour jeter un ultime coup d'œil en arrière.

A sa place, me serais-je retournée ?

— Nous allons le revoir, annonce ma sœur.

— Parce que tu as des visions ?

— Non, parce que je sais observer et déduire. Un jour je t'expliquerai comment faire. Mais pas aujourd'hui, tu n'es pas encore prête.

Braquant sur elle un regard étonné, je réalise une chose qui ne m'avait pas frappée jusque-là : des fois, ma sœur, elle parle comme maître Yoda. Et quand elle le fait, je me sens comme le plus nul des Padawans.

Chapitre 5

Travailler pour une chaîne d'hôtels de luxe a plein d'inconvénients. Le premier, et non des moindres, est que vous ne vous adressez jamais à des personnes, mais à des personnes *et* leur ego. Les deux n'étant pas toujours d'accord entre eux, ça complique considérablement les choses. Cependant, l'avantage majeur de ce travail, c'est que voyager devient plus facile. Comme j'ai fait coïncider notre escapade à Londres avec un gros meeting, l'aller-retour en avion a été pris en charge par mes patrons. Et dans leur monde, il n'existe pas de classe économique. Ils ont vaguement entendu parler de rumeurs à propos de cet enfer, mais n'y ont jamais vraiment cru. Du coup, on voyage uniquement en *business class* et, pour qui est comme moi issu d'un milieu modeste, c'est clairement un autre univers et un autre espace-temps. Tout est tellement plus facile, quand on voyage en *business class* ! Même les intempéries et la paralysie d'un aéroport entier prennent des allures d'événement mondain.

Afin de s'assurer que sa clientèle aisée ne sera pas traumatisée par la tempête de neige, la compagnie aérienne a réservé autant de chambres que de passagers classe affaire au Sofitel de Heathrow. Pendant que les trois quarts des voyageurs s'apprêtent à passer la nuit à éprouver la raideur des fauteuils de l'aéroport, Mélie et moi prenons la passerelle couverte du terminal 5, laquelle nous amène directement dans le hall de l'hôtel de luxe, puis dans une magnifique chambre disposant de tout le confort nécessaire, voire superflu.

— Maman, je t'en prie, calme-toi, dis-je en retenant un soupir. Personne ne pouvait prévoir cette tempête de neige. Je suis certaine que, demain, tout rentrera dans l'ordre. On sera là au plus tard en fin de matinée.

Intérieurement, je me mets à prier moi aussi tout le panthéon divin que je connais.

— Mais non, ce n'est pas un *signe* que la famille est maudite ! Où vas-tu chercher une idée pareille ?

Dans la tasse de café d'Helena, voilà où elle va la chercher ! Helena est une femme originaire du même village que ma mère. Elles se sont rencontrées de façon totalement fortuite à Saint-Malo, il y a cinq ans, et leurs racines communes les ont tout de suite rapprochées. Cette femme est une caricature sur pied, tous les clichés de la matrone italienne à l'affection abusive et à la superstition tyrannique se sont agglutinés en elle comme des microbes en plein hiver. Helena est donc très portée sur le spiritisme et la paranoïa. Selon elle, des esprits malins tournent autour de nous et nous veulent du mal. Parce que les esprits n'ont que ça à faire, bien sûr, nous persécuter… Ils ont si peu de distractions dans l'au-delà !

— Maman, Mélie et moi sommes aussi navrées que toi. Pardon, désespérées, pas navrées. Non, mais un coup sur deux, je mélange ces mots. Que veux-tu que nous y fassions ? Prenons notre mal en patience et demain, on en rigolera autour d'un bon repas. Ou on écrira des lettres d'insultes qu'on enverra à la compagnie aérienne, si tu préfères.

Ma sœur ouvre la porte de notre chambre et s'empare de ma valise. Je ne suis pas dupe de sa serviabilité, elle est trop heureuse que ce soit moi qui gère ce énième appel.

— Maman, il… Maman… Ma-man ! Oui, tu te rappelles qu'il y a quelqu'un au bout du fil ? Non, je ne suis pas agressive, mais on arrive dans notre chambre, là, et je vais te laisser. Je te rappelle plus tard. Oui, je lui dis. Maintenant ? Mais si je te dis que je lui dis, tu peux me croi…

J'inspire profondément et décolle le téléphone de mon oreille, avant d'interpeller Mélie :

— Maman demande que tu ouvres les lits pour vérifier qu'il n'y a pas d'aiguilles dedans.

— Des « aiguilles » ?

— Des *aiguilles.*

— Genre, comme pour recoudre des chaussettes ?

— Maman ? Tu penses à quel type d'aiguilles quand tu me dis de vérifier qu'il n'y en a pas dans les lits ? Ah.

Je fixe ma sœur avant de reprendre.

— Des aiguilles classiques.

— J'ignorais qu'il en existait des originales.

— Ton aide est inestimable.

Mélie s'exécute et scrute les matelas avant de secouer la tête : « non ».

— Voilà, pas d'aiguilles. Rassurée ? Bien, je vais te laisser. Attends ! Comment va Choléra ? Comment ça, je fais semblant ? Pas du tout. J'ai juste attendu la fin de la conversation pour t'en parler. Alors, comment va-t-il ? Bien, bonne nouvelle. Je t'embrasse. Oui, Mélie aussi. Une preuve qu'elle est bien avec moi ? Je t'envoie une photo. Sérieusement, maman, où veux-tu qu'elle soit ? Sur Mars ?

Je raccroche et prends un cliché de ma sœur en train de refaire rapidement nos lits. La chambre est très spacieuse. Une immense baie vitrée qui ne nous sert pas à grand-chose vu l'heure tardive, deux grands lits généreux en coussins assortis aux murs, un coin canapé table basse, le nécessaire à la préparation de thé et de café et une immense salle de bains avec une large douche à l'italienne dans les teintes crème. Je me rappelle à quel point je suis chanceuse d'avoir décroché un poste qui me permet de vivre le quotidien et ses aléas dans un excellent confort. L'argent ne fait peut-être pas le bonheur, mais comme disait une mondaine très connue, il est plus facile de pleurer dans une limousine que sur un vieux vélo. Je jette un coup d'œil à mon reflet dans le miroir qui occupe tout le mur et me passe la main sur le visage. Mes traits sont tirés et mes cernes un brin gris. Je n'ai pas à me plaindre, je suis plutôt jolie : visage ovale classique, longs cheveux blond vénitien naturellement créés par Gunter — merveilleux coiffeur gay suédois — et impeccablement bouclés par Terminator 3000, le meilleur fer à friser de l'univers. Néanmoins, ces artifices ne parviennent pas à dissimuler les marques de la fatigue et l'angoisse. J'ai beau toujours me cacher derrière le sarcasme ou la colère, je suis très inquiète pour ma mère. Derrière ses crises d'angoisse exagérées et ses superstitions ritualisées, il y a la solitude. Il y a l'immense douleur.

Papa nous manque tellement. Il *me* manque tellement. Il était le genre de personne autour de laquelle tout se construit et tout s'agrège. Il était le rocher sur lequel on adorait s'accrocher. Et la houle, et la tempête, et les vagues pouvaient s'abattre sur nous, le rocher, lui, ne bronchait pas. Ce matin terrible, noir, glaçant, ce matin de l'horreur lors duquel une minuscule chose s'est rompue dans son cerveau et l'a terrassé d'un coup, le rocher a disparu. Une minute, il est là, souriant, aimant, rassurant, et la minute d'après, il gît au sol comme une poupée qu'on a laissée tomber. Depuis, on flotte comme on peut, les unes accrochées aux autres, excepté que même en se tenant solidement, on peut toujours couler.

Mélie est allongée en étoile de mer sur le lit. Ses cheveux noirs magnifiquement lissés sont étalés sur les draps clairs. Vue d'en haut, on dirait qu'une bouteille d'encre vient de se renverser sur une feuille vierge. On se ressemble autant que Blanche-Neige et la Belle au bois dormant. Personnages qu'on adore imiter à chaque soirée costumée, et ce, pas plus tard encore qu'il y a trois mois.

— C'est quoi, cette histoire d'aiguilles ? me demande-t-elle en fixant le plafond.

Je m'écroule à côté d'elle et colle ma tête contre la sienne.

— Helena.

— Ah. Il faudrait que cette femme stabilise ses croyances. Un coup c'est du vaudou, un coup c'est de l'occultisme, un coup les rites celtes. Je ne crois pas que mélanger toutes ces puissances soit une bonne chose. La susceptibilité divine n'est pas à prendre à la légère.

— Tu as raison, mélanger les torchons et les serviettes divins, c'est mal.

Nous laissons filer un silence, vite troublé par des bruits de voix résonnant contre le mur. Hôtel de standing peut-être, mais cloisons très fines. Je pressens que la nuit va être *intéressante.*

— Que va-t-il se passer si, demain, nous ne parvenons pas à décoller ? relance ma sœur dont la voix se met légèrement à trembler.

— Ne pensons pas au pire. Ils perdent des millions avec le retard des vols. Garde la foi dans l'ingéniosité que l'être humain est capable de déployer pour ne pas perdre de l'argent.

— Et si la neige est plus forte ?

Je hausse les épaules et soupire.

— Je n'en sais rien, Mélie. Je n'en sais rien. Je suppose qu'il faudra beaucoup de patience et de tact pour l'expliquer à maman. Cette tâche reposera donc entièrement sur toi.

— Je m'inquiète pour elle. Vraiment. Je ne sais pas... Il m'avait semblé qu'elle allait mieux depuis octobre, et là, c'est comme si on retournait six mois en arrière.

— C'est normal, c'est le premier Noël que nous fêtons sans papa.

J'entends ma sœur déglutir bruyamment. Elle avale littéralement ses émotions.

— Je crois que ce ne sera plus pareil, murmure-t-elle.

— Ce ne sera plus *jamais* pareil, ma chérie. Ce sera différent.

— Mais différent ne veut pas dire que ce sera toujours moins bien, si ?

Je me tourne et glisse les bras autour d'elle. Je la serre aussi fort que possible. Je ne suis pas quelqu'un de tactile, mais avec elle, c'est facile. Elle arrive à court-circuiter ma réserve émotionnelle. Je n'ai jamais trop su d'où venait cette retenue crispée qui s'impose à moi et me paralyse, quand il s'agit d'exprimer physiquement mon affection aux personnes que j'aime. Et *plus j'aime*, plus je suis pétrifiée. La mort de papa n'y a rien arrangé. Comment enlacer une autre créature quand, privée de mon rocher, je suis obligée d'agiter constamment les bras pour me maintenir la tête hors de l'eau ?

— Ça va aller, mon ange, ça va aller.

Qu'est-ce que j'en sais ? Je bluffe, je fais comme si je connaissais la vie. C'est un truc de grande sœur qu'on se transmet naturellement, comme une mémoire génétique. En réalité, je suis aussi effrayée qu'elle. J'ignore si notre mère va réussir à rire à nouveau sans culpabiliser, si les troubles du comportement compulsif de Mélie vont finir par s'apaiser ou si je pourrai accueillir en moi de nouveaux sentiments.

Mais en cette veille de réveillon, je *bluffe* et je mens.

— Si nous passions une tenue plus confortable ?

Mélie approuve ma suggestion.

— On s'installe dans nos immenses lits sans aiguilles et on voit ce que cette grosse télé a dans le ventre.

— Je vais faire du thé, répond ma sœur.

— Tu n'aimes pas le thé.

— J'aime encore moins les choses dont on ne se sert pas. Cette bouilloire et tous ces thés, il faut bien qu'ils soient utiles.

Je ne la contrarie pas. Depuis qu'elle est petite, il faut lui prouver que tous les objets de la maison ont servi au moins une fois. Je crois que, sinon, elle pense qu'ils sont malheureux et qu'ils devraient avoir une chance de servir d'autres humains. Elle a une conception de l'asservissement utile et épanouie.

Dans la salle de bains, j'entends l'eau gémir quand elle se met à frissonner. J'adore le thé. J'en bois des litres par jour et le son de l'eau chauffée par les résistances me rend toujours heureuse. Papa en était un amoureux et un grand collectionneur.

— Au fait ! William n'a pas pu rentrer à Londres, m'annonce Mélie, tout en préparant ma tasse.

Je passe la tête dans l'embrasure.

— Comment sais-tu ça ?

— Eh bien, je lui ai envoyé un petit message pour lui demander s'il était bien arrivé.

— Et ?

— Il n'est pas arrivé.

— Pourquoi ?

— Parce qu'il n'est pas parti.

— Mélie, secoue la tête, ton cerveau vient de planter.

— Tout est paralysé, à Londres, à cause des chutes de neige, et il y avait deux heures d'attente pour le shuttle. Il a eu peur que ce soit pareil pour les bus.

— Alors, où est-il ?

— Ici.

Chapitre 6

Les bras en croix sur la poitrine, le cou rigide et les globes oculaires dignes de ceux d'un poisson télescope, je compte les moutons depuis bientôt deux heures. Enfin, la première heure seulement, car après, mon imagination est passée aux loups, naturellement collés aux fesses des moutons, puis aux bergers, aux épouses des bergers, à leurs maîtresses et leurs gosses. Toute la création défile devant mes yeux, mais rien n'y fait. Je ne peux dormir. Quelqu'un, à proximité de la chambre, confond ronflements et moteur de moissonneuse-batteuse. A côté de moi, Mélie dort comme un loir ; elle a toujours eu le sommeil facile et imperturbable, à la différence du mien qu'un pet de libellule suffit à troubler. Si j'avais été seule, j'aurais allumé la télévision. Ça ne m'endort pas spécialement, mais évite que mon cerveau tourne en boucle tel un hamster dans sa roue.

Mes pupilles sont comme des projecteurs passant et repassant des bouts de films que mon esprit met en scène. Et ce ne sont pas toujours des films d'aventures ou des comédies, plus souvent des cauchemars.

L'imagination est si douée pour réaliser les pires thrillers. L'irrationnel prend alors les commandes et s'invite en imposant ses peurs dans les rôles principaux. Je m'imagine perdre mon emploi, ne plus pouvoir aider ma mère. Je l'aperçois soudain si voûtée, si petite, presque transparente… Ma sœur crie quelque chose, mais je ne la comprends pas. Et moi, où suis-je dans ce tableau ? Je me contemple seule dans le salon froid et gris, un plateau dans les mains supportant une théière glacée. Je ne sais pas quoi faire avec ce plateau, je ne sais même pas à qui je le destine. J'entends ma sœur et ma mère à l'étage, elles sanglotent, respirent mal, et je reste plantée au rez-de-chaussée, incapable de prendre une décision, *incapable* de les aider. Alors me revient en mémoire une phrase que mon père me répétait souvent lorsqu'il s'absentait : « Je compte sur toi pour veiller sur elles. » Il y avait tant de confiance dans sa voix et dans son regard ! J'étais tellement fière d'avoir l'honneur d'être celle à qui il confiait les clés du foyer ! J'étais la grande, la forte. Mais quand il est vraiment parti, en réalité, je n'étais rien.

Soûlée moi-même par ces visions et n'y tenant plus, je m'assois sur le lit. L'attention aiguisée par la pénombre, je me résigne à l'inévitable : il n'y a aucune chance que le marchand de sable arrive à clore mes paupières. Je me glisse hors de la couette avec une précaution ridicule, puisque je pourrais jouer la *Lettre à Elise* sur un piano désaccordé, Mélie ne broncherait pas d'un poil. J'enfile rapidement un pantalon et une tunique en soie, relève mes cheveux en chignon, chausse des ballerines, et m'éclipse.

Dans le couloir, les ronflements du maudit dormeur sont encore plus forts. Je croise les doigts pour qu'au moins l'un des bars du Sofitel reste ouvert toute la nuit. J'ai en main ma tablette et mon portefeuille, de quoi boire et zoner sur Internet jusqu'à l'aube si je veux, ce sera toujours mieux que d'observer mon cerveau pédaler dans le vide.

Après plusieurs essais infructueux à différents étages, je me résous à demander de l'aide à l'accueil. Une hôtesse fort jolie, à la mise si parfaite que je la crois en plastique et tout juste sortie de son usine de fabrication, m'indique le *lounge* du cinquième étage, le seul que je n'ai pas testé. Une fois dans le bar, le *lounge* selon l'appellation de rigueur, je suis soulagée. Il ne ressemble ni à un restaurant, ni à un débit de boissons. La lumière y est parfaitement tamisée et distillée par de beaux luminaires en fleur d'arôme penchés au-dessus de groupes de quatre fauteuils couleur taupe et d'une table basse crème. Sur la gauche, un mur d'eau court sur toute la longueur. Le parquet est clair et rappelle celui qu'on trouve dans des chambres. Le comptoir du bar est discret, il se fond littéralement dans le décor. Il n'y a pas de musique d'ambiance, juste le clapotis artificiel de l'eau qui glisse contre la vitre. Je choisis un fauteuil situé dans le coin opposé à l'entrée ; j'aime observer les gens et, d'ici, je vois tous ceux qui entrent ou sortent.

Quelques minutes après mon installation, un séduisant

jeune homme d'une vingtaine d'années, lequel après l'hôtesse me fait soupçonner que le Sofitel recrute au physique, vient prendre ma commande. Je me décide pour un verre de côte-rôtie, priant pour ne pas devoir en avaler trois ou quatre avant d'avoir enfin envie de dormir. Cinq autres personnes se trouvent dans la pièce, des hommes d'une cinquantaine d'années pour la plupart et une femme, un peu plus âgée que moi, qui semble fêter quelque chose avec son voisin. La signature d'un gros contrat, sûrement.

Je prends mes aises, quitte mes chaussures et replie les jambes sur le côté. L'atmosphère feutrée et l'heure tardive invitent à cette sorte de laisser-aller familier. Le décorateur d'intérieur a bien fait son travail. Je sens les minutes s'écouler. J'ai le regard perdu dans le vague, je ne me suis même pas encore servie de ma tablette. J'observe les autres clients et leur invente des vies. C'est un jeu auquel on se livre souvent, Mélie et moi. C'est à celle qui trouvera le récit le plus passionnant. Les miens sont en général plus tragiques que les siens. J'ai sans doute été irrémédiablement marquée par Zola, tandis que ma sœur lui a préféré Pagnol.

Je commande un deuxième verre et ne bâille toujours pas. Mauvais signe. Tandis que mon tout jeune serveur me l'apporte, je me décide à allumer ma tablette en quête d'une lecture mortellement ennuyeuse.

Soudain, quelque chose attire mon attention. Quelqu'un vient de faire son entrée dans le *lounge*. Il est 1 heure du matin, je n'y croyais plus. Jetant un œil inquisiteur et intéressé, il me faut quelques secondes avant de reconnaître William. Mon épiderme se crispe. C'est idiot, Mélie m'a prévenue qu'il passait la nuit ici. La coïncidence est amusante, mais pas surréaliste au point que j'en sois troublée. Il porte un jean dont la coupe laisse à penser qu'il est de marque et un sweat-shirt ajusté. Sans son costume un brin guindé, j'ai eu du mal à l'identifier. Pourtant, quand je le regarde traverser la salle jusqu'au bar, c'est bien la même démarche trop étudiée pour être naturelle et l'air trop détaché pour être honnête. Il a travaillé sa gestuelle, le genre qui annonce « le monde est mon royaume ». Je la connais très bien, parce que j'ai répété la mienne durant des années. Si vous montrez aux autres qu'il n'y a rien qui vous met mal à l'aise, alors ils n'essaient pas. Ça marche presque à tous les coups.

Il ne m'a pas vue. Je me sens comme une de ces lionnes des reportages animaliers dont on a parlé la veille, tapie derrière les hautes herbes, observant le reste de l'écosystème d'un air de supériorité blasée. Cet air aussi, je l'ai travaillé longtemps. Mais je ne tarde pas à me faire prendre la main dans le sac de bonbons. En pivotant sur lui-même pour trouver un siège, il me remarque. L'espace d'une seconde, son flegme britannique se brouille et il semble surpris. J'ai un coup d'avance sur lui, car ça fait un moment que je l'observe. Alors je prends mon verre et je le salue avec un panache que je trouve particulièrement réussi. Je ne me rends compte qu'une seconde après que je suis en train de l'inviter. Je suis surprise de n'y avoir prêté aucune attention particulière.

— Une invitation à partager une insomnie ? me lance-t-il, une fois à ma hauteur.

— Pourquoi pas ? Vous essaierez de me convaincre que la monarchie parlementaire est le meilleur régime politique au monde et moi, je tâcherai de vous prouver les vertus d'une bonne décapitation révolutionnaire.

— Aucune chance, me répond-il en s'asseyant dans le fauteuil à côté de moi, afin de faire aussi face à l'entrée.

— Tant que vous n'avez pas essayé, vous ne pouvez pas savoir si vous aimez.

— Non, ce que je voulais dire, c'est qu'il me semble que vous avez remisé la dernière guillotine en activité, en Europe. Si vous ne prêtez pas vos jouets, ne vous plaignez pas de rester seule dans la cour de récré.

Je lui souris. Le deuxième verre de vin est en train d'agir et je sens déjà mes muscles se détendre et mon cœur se réchauffer.

— Vous vous inquiétez pour votre mère ? suppose-t-il en dégustant ce que j'identifie à l'œil comme du whisky.

— Je suppose que c'est flagrant.

— Et pour votre sœur ?

— Aussi.

— Y a-t-il une personne pour laquelle vous ne vous inquiétez pas ?

— Vous.

Et papa. Ce n'est plus la peine.

— Laissez-moi un peu de temps et je suis sûr que je peux vous provoquer une poussée d'angoisse.

— Prétentieux.

— Joueur, corrige-t-il en me fixant.

Ses yeux sombres brillent, j'ignore si c'est l'effet de l'alcool ou celui de sa malice naturelle. Peut-être un peu des deux.

— Parlez-moi de vous, dis-je soudain, en commandant un autre verre.

— Oh ? Pas de préliminaires dans la conversation, alors ?

Je feins d'être affectée et prends une voix d'hôtesse de l'air.

— Pardon, mais après le sujet sur la sodomie d'hier, je pensais que nous pouvions nous en passer. Si vous voulez, je peux être plus douce…

— Non, j'aime les nouvelles expériences. Allons-y pour la brutalité. Par où voulez-vous commencer ?

— Des frères et des sœurs ?

— Un frère : Thomas, plus jeune que moi d'un an.

— Des parents ?

— Mon Dieu, j'espère, sinon, il va falloir que j'enquête sur les circonstances de ma conception, ce qui me ferait peut-être découvrir un horrible complot gouvernemental.

Je plisse les yeux et lui accorde le point, avant d'enchaîner :

— Stephen King a déjà tout expliqué, vous gagneriez du temps à le lire.

— J'ai encore mes deux parents, des gens agréables, bien qu'un peu traditionnels, ainsi que mes deux grands-mères et une tante. Les femmes de ma famille ont une santé de fer, avec ce don commun d'épuiser leurs hommes. D'où la forte mortalité de ces derniers au sein du clan.

— Croyez-moi, vous ne savez pas ce que c'est qu'une femme qui épuise ! Ma mère a inventé le concept.

— Votre sœur et vous semblez très proches d'elle.

— Pour être proche de quelqu'un, encore faut-il s'en être séparé à un moment. Ma mère a refusé que les médecins coupent le cordon ombilical. Avec le temps, il s'est allongé, mais il est encore là.

— La médecine fait des choses étonnantes.

— Et la mode permet de tout accessoiriser, heureusement.

Il laisse filer un silence et commande, lui aussi, un autre verre. En temps normal, je ne suis pas une grande consommatrice d'alcool, mais cette nuit, quelque chose me pousse à boire. Le serveur arrive jusqu'à nous, et j'observe William lui parler, sa façon de bouger, les intonations de sa voix. On croirait que je cherche quelque chose.

— Et votre père ? me demande-t-il brusquement.

Prise de court, je bafouille une seconde avant d'articuler :

— Il… mort. Il y a quelques mois.

C'est étrange, cette phrase me paraît encore sonner faux. Je dois réfléchir avant de la formuler, comme une leçon mal apprise.

— Je suis désolé pour vous, me répond-il, plus bas.

J'essaie de sourire pour cacher le fait que c'est encore

trop dur de parler de la disparition de mon père entre deux verres, à l'image d'une confidence de plus.

— Comment est le vin ? enchaîne-t-il avec délicatesse.

— Excellent, mais c'est mon troisième, je ne suis plus certaine d'être objective.

Il tend la main en direction de mon verre. Ses yeux flambent et, l'espace d'une seconde, je ne trouve aucun bon mot à dire. Je le lui donne. Il s'en saisit et ses doigts frôlent les miens. La chaleur de l'alcool se répand dans tous mes membres. J'ai l'impression que mes organes se rappellent soudain que leur température normale n'est pas censée être négative.

— Non, vous n'êtes pas encore totalement soûle, il est très bon, juge-t-il.

Je ne peux retenir un éclat de rire.

— C'est la soirée la plus surréaliste que j'ai vécue !

— Parce qu'un Anglais confirme à une Française que le vin est bon, ou parce que en dépit de tous vos efforts vous prenez conscience que ça vous plaît ?

Ma tête bascule en arrière contre le dossier moelleux du fauteuil.

— C'est l'impression que je donne ?

— Vous semblez chercher désespérément une lampe pour sortir d'un long tunnel.

Je fais une grimace. Une dizaine d'heures passées ensemble et il pique pile là où ça fait mal, là où c'est troué, où c'est à vif.

— C'est une période un peu compliquée.

Mon ton est légèrement sec. Je n'apprécie pas particulièrement d'avoir à dévoiler mes sentiments.

Je me rends compte que je les cache comme si j'en avais honte, comme si on pouvait avoir honte d'être triste, en colère, ou lasse. Qu'est-ce qui me perturbe tant dans le fait qu'il sache ?

— Le noir est aussi une belle couleur, confie-t-il avec bienveillance.

Je tourne les yeux vers lui. Je sens qu'ils sont grands ouverts parce que je suis abasourdie. Mélie m'a souvent répété que lorsqu'on fait une rencontre spéciale, une de celles qui marquent, quelle que soit sa durée, c'est en fait une rencontre de deux inconscients. Cette phrase qu'il a dite, peut-être sans réfléchir, est une ancre jetée qui s'accroche à quelque chose en moi. Je ne sais pas ce que c'est, mais à cet instant, il y a comme une connexion.

J'ai le droit d'être en deuil.

Je crois que personne ne l'a formulé de cette façon, avant. Aussi simplement. Personne ne m'a autorisée à le faire et c'est pourtant tout ce que j'attendais : qu'on me le dise. Peu importe qui, un étranger ou un proche, il fallait que j'entende ces mots.

J'ai le droit d'être en deuil. « Le noir est aussi une belle couleur. »

Je remarque qu'il s'est penché vers moi. Il n'a plus cet air de malice constante, il me fixe avec un mélange contradictoire de douceur et de fermeté. J'ai la tête qui tourne et les joues en feu. Aucun mot ne trouve plus à sortir de ma bouche, et je n'en ai pas envie. J'aime ce drôle d'instant d'intimité et de révélation qui a surgi de nulle part, sans que je m'y attende ou que je le voie venir. Moi qui contrôle tout, je laisse aller cette parenthèse incongrue. J'entends l'eau de la fontaine qui ruisselle contre les vitres et me berce. William avance lentement la main vers mon visage et ses doigts effleurent mon front, mes tempes, dégringolent vers mon oreille et l'arête de mon visage. Cette douceur multiplie les effets du vin et je sens l'hypersensibilité de ma peau se réveiller. Il se rapproche encore et, sans que je réagisse, ses lèvres touchent les miennes, glissent contre elles, frottent sur ma bouche leur velours. Ma colonne s'électrise et des sensations oubliées refont surface, comme si je récupérais l'usage de certaines terminaisons nerveuses.

Ces attouchements durent un moment, avant que l'envie nous fasse entrouvrir les lèvres pour s'inviter mutuellement à plus d'intimité et d'audace. Je pose la main sur son cou et balade les doigts sur sa nuque, en jouant avec la naissance de ses cheveux. Je sens une gourmandise naître en moi et je remonte dans sa chevelure à mesure que le baiser est plus profond. Il explore mon dos ; ses gestes sont tendres mais appuyés. Il sait où il va. Je croise les jambes pour basculer vers lui et me rapprocher. Il impose une cambrure à mes reins. Je sens le feu courir dans mes veines, tandis que son souffle s'accélère et ses mains pèsent de plus en plus sur moi.

Je me raidis et me recule, mettant fin à l'étreinte. Mon cerveau n'arrive plus à gérer l'afflux d'émotions, il tourne plus vite dans le vide.

— D'accord, je... de l'eau.

— Excellente suggestion, fait-il en passant la main dans ses cheveux et en prenant une profonde inspiration.

Il avale d'une traite le fond de son verre et je me jette littéralement sur la carafe d'eau que le serveur vient d'apporter. Si j'avais pu me la verser sur la tête, ça aurait été plus efficace. Qu'est-ce qui me prend ? Non pas que je rechigne à un flirt agréable en ces heures de stress, mais l'effet est un peu trop fort à mon goût. La combinaison de l'alcool et du vague à l'âme me met dans une position de midinette que je n'aime pas du tout. Tout cela me prouve que je suis encore fragile et que je dois me montrer très prudente.

Nous restons quelques minutes assis l'un à côté de l'autre, mais la gêne s'est définitivement installée entre nous et ce ménage à trois est plutôt désagréable. La complicité de la discussion est allée se coucher, et aucun de nous n'arrive à rebondir. Je tente pourtant :

— Je...

Lamentable...

— Tout à fait d'accord, s'empresse-t-il de me répondre.

— Voilà.

— Cette fontaine est très présente, lâche-t-il soudain. J'en ai des tonnes comme ça, pour alimenter votre gêne, si vous êtes à court.

Je redresse le menton et je me mets à rouler des yeux pour enfin pontifier comme si j'avais seize ans et que je la ramenais dans la cour du lycée.

— Je ne suis pas *gênée*.

— Vraiment ? Essayez la désinvolture pour voir ?

Tordant la bouche en une grimace que je n'arrive pas à retenir, je souffle à faire décoller trois mèches tombées devant mes yeux. Après une seconde d'hésitation où je lui aurais bien retiré son sourire narquois en lui arrachant poliment la peau du visage, je l'attrape par l'encolure de son sweat, l'attire vers moi et écrase mes lèvres sur les siennes. Une demi-seconde plus tard, ce qui me sert de conscience allume toutes mes alarmes internes et je m'écarte en pestant :

— N'importe quoi ! Je ne sais pas ce qui… Il faut vraiment que j'arrête l'alcool. Ça suffit, je vais me coucher.

— Je crois que vous êtes très injuste avec l'alcool. Ce n'est pas particulièrement sa faute.

— Oh que si ! Et ne jubilez pas trop.

— Je ne fais pas cette tête quand je jubile.

— Non ?

— *Non.* Là, en fait, c'est plutôt la tête de quand je me moque.

— Bonne nuit.

— A demain, Scarlett.

Je ne réponds pas et je file hors du bar. Ce ne sont pas tant ces enfantillages qui me navrent, parce que en réalité je les trouve plutôt drôles, que le fait qu'ils m'interpellent plus qu'ils ne devraient. A partir de quand le jeu est-il devenu perturbant ? A partir de quand ai-je commencé à y trouver un certain intérêt ? Le badinage est censé rester léger, anodin, anecdotique. Autant de jolis mots pour dire qu'il ne compte pas vraiment. D'une certaine façon il a su me toucher, ou toucher l'une de mes émotions que je pensais bien cachées derrière mes côtes, mais qui se trouvent en réalité juste à fleur de peau. Et c'est sans doute cela qui me dérange.

En vérité, et pour une raison que j'ignore, je n'aime pas qu'on me *touche*.

Chapitre 7

Nous sommes le 24 décembre. Il est 6 heures et nous démarrons la deuxième journée sur le thème de l'enfer blanc. Mélie et moi nous habillons comme deux zombies qui n'ont pas intégré qu'ils n'ont plus besoin de se soucier de leur mise ou de la couleur de leur blush. Depuis que nous sommes debout, soit douze minutes dix-huit secondes, ma sœur me regarde bizarrement. C'est une technique qu'elle a peaufinée depuis notre enfance : me mettre la pression psychologique jusqu'à ce que je craque.

— Quoi ?

— Tu as l'air étrange, juge-t-elle avec suspicion.

— Evidemment, je n'ai presque pas dormi de la nuit à cause du bruit et, en plus, j'ai un peu trop bu, hier soir. Mon *air* n'est pas étrange, c'est celui d'un rat mort, tout ce qu'il y a de plus ordinaire.

Elle plisse les yeux, ce qui lui donne l'air d'un serpent.

— *Quoi ?*

— Tu as l'air étrange, se contente-t-elle de répéter.

Je soupire de toutes mes forces.

— Nous devrions nous dépêcher, j'aimerais vraiment ne pas rater le vol de 7 h 45.

— Tu sais que je finirai par trouver.

Enfilant mes vêtements, couche après couche, je roule des yeux au plafond avant de couper court :

— Je n'en doute pas, prête ?

— Je t'attends.

Nous traversons le couloir et croisons déjà plusieurs personnes, probablement dans la même situation que nous. Résultat : le carambolage de valises devant les ascenseurs se poursuit jusqu'au comptoir d'admission de l'hôtel. Je jette un œil à ma montre. Hors de question de passer une nouvelle journée à attendre à l'aéroport ! Seulement, je réalise vite que rien de ce que je veux faire ou dire n'accélérera les choses. Entre ceux qui ont perdu les clés de leur chambre, ceux qui ne retrouvent pas leur pièce d'identité, les enfants surexcités par la fatigue et le stress des parents, la sortie du Sofitel tourne au parcours du combattant. Je commence à calculer les risques qu'il y aurait à partir en douce sans signer leur fichu papier de restitution de clé et, au moment où je m'apprête à annoncer mon désir d'emprunter un chemin criminel, ma sœur me coupe dans mon élan :

— Oh ! bonjour William !

Je toussote. Je ne sais pas pourquoi, mon corps doit trouver l'idée appropriée.

— Bonjour Mélanie, répond-il de sa voix impeccablement calibrée.

Il a remis le costume sur mesure et le manteau

assorti. Je fais beaucoup d'efforts pour brider mes pensées, ce qui s'avère totalement inefficace. Dès que je croise son regard, je me souviens de la soirée de la veille, du vin, de son parfum, de son baiser, de ses lèvres, de leur mouvement…

— Bonjour Scarlett, enchaîne-t-il, affable, pas trop mal aux cheveux ?

Je sens immédiatement les antennes de ma sœur se déployer. Elles sont si énormes qu'elles pourraient remplir tout le hall de l'hôtel. A cet instant, je sais qu'elle va être insupportable pour le reste de la journée.

— Mes cheveux vont bien, merci de prendre de leurs nouvelles.

— Vous vous êtes vus depuis qu'on s'est quittés à l'aéroport, commence à déduire ma sœur. C'est ça, vous vous êtes vus hier soir, quand tu es sortie parce que tu n'arrivais pas à dormir. Et vous vous êtes vus longtemps ?

— Mélie, tu n'as pas envie de prendre un café ?

Pour la subtilité, on repassera.

— Pour la subtilité, tu repasseras, déclare-t-elle, n'empêche, j'ai trouvé.

Tournant les talons, non sans me décocher un regard de triomphe, elle s'éloigne en direction d'un distributeur situé à l'autre bout du hall.

— C'est une impression ou vous êtes très gênée par ce qui s'est passé hier soir ? suppose William, sans cacher une expression que je trouve un brin jubilatoire.

— « Gênée » ?

L'autre…

Je décide d'insister. En réalité, je pense que je m'enfonce un peu.

— Gênée, *comment* ?

— Gênée comme une collégienne, à vue de nez.

— Pas du tout.

— Une lycéenne ?

— Encore moins, désolée. Ça fait un peu mal ? J'aime bien quand ça fait un peu mal.

Il ne se départ pas de son sourire satisfait. Je me demande quelle flèche va sortir de sa bouche et je suis prête. Relativement prête, car il est 6 h 20. Il attrape soudain mon écharpe et me tire à lui pour écraser ses lèvres sur les miennes. La sidération me paralyse. Je n'ai rien vu venir. Le baiser a quelque chose de puissant et de presque autoritaire. Il dure quelques secondes à peine, cependant, c'est assez pour mélanger les pinceaux de ma raison, mes hormones et mon cerveau.

L'autre…

J'ouvre des yeux ronds comme des billes.

— D'accord, concède-t-il, première année de fac et c'est mon dernier mot.

Mélie refait son apparition et me tend un cappuccino. Son regard de fouine sournoise scanne William, lequel lui sert un sourire de parfait commercial.

— J'ai raté quelque chose, déclare-t-elle aussitôt.

— Rien de bien passionnant.

— Quand ça le sera, je vous promets de vous faire un mémo, réplique William.

— Merci, j'accepte tous les formats de fichier.

Je me surprends à me dire qu'il y a vraiment des filtres qu'on devrait pouvoir utiliser en vrai et pas uniquement sur une messagerie.

Nous finissons par sortir du Sofitel et cheminons avec plein d'autres voyageurs d'infortune vers le hall d'embarquement de la British Airways. Nous tournons des regards fébriles vers le tableau d'affichage des départs et une vague de soulagement s'empare de nous tous, lorsque nous constatons que l'avion de 7 h 45 est bel et bien inscrit.

— J'appelle maman, me prévient Mélie.

— Attends, pourquoi c'est toi qui passes tous les coups de fil de bonnes nouvelles ?

— Tu veux l'appeler ?

— Non.

Nous prenons place sur les fauteuils situés face à l'écran, prêts à bondir quand ils ouvriront les salles d'embarquement. William s'éloigne de quelques mètres pour appeler quelqu'un. Je ne peux m'empêcher de l'observer et d'essayer d'écouter ce qu'il dit. Je suis curieuse de savoir qui il peut vouloir prévenir. Ses parents ? Son frère ? Un ami ? Une amante de passage ?

Non, mais en fait, je m'en fiche. C'est ça, je m'en fiche.

Je me force à détourner le regard. Mélie raccroche. Elle a toujours été plus douée que moi pour mettre fin au monologue de maman. Je suis presque sûre qu'elle a choisi des études de psychologie uniquement dans ce but.

— Alors ?

— Elle est ravie, confirme ma sœur, et soulagée. Elle va donc se remettre à cuisiner. Je lui ai dit qu'on serait sûrement à la maison avant midi et que nous pourrions l'aider avec les fruits dég…

Elle s'interrompt. Ses beaux yeux clairs s'humidifient. Avant, c'était papa qui ouvrait les hostilités avec le rituel des fruits déguisés. Il organisait leur confection selon un ordre bien précis : d'abord ceux avec les noix, puis les dattes et enfin les pruneaux. On ne plaisante pas avec la hiérarchie des fruits déguisés. C'est une tradition familiale, un mélange entre des recettes du Sud et les histoires merveilleuses que papa nous racontait pour nous tenir éloignées des fourneaux et des jupons de maman. Mais cette année, la confection de ces friandises aura un goût plus amer que sucré. Mélie comprend tout à coup, et moi avec elle, que tous les événements importants à venir se feront sans lui.

— Ne t'inquiète pas, l'univers ne laissera rien nous empêcher de les faire, car il sait que si maman prend du retard dans sa cuisine à cause de ça, elle va lui faire sa fête, à l'univers.

J'observe le visage de ma sœur et retiens mon souffle, jusqu'à ce qu'un sourire se dessine timidement sur ses lèvres.

Tu es mon soleil…

William revient s'asseoir près de nous et j'ai beau me mordre l'intérieur de la joue, rien à faire, ça sort :

— Tout va bien ?

Une façon délicate et discrète de lui demander à

qui il était en train de parler, de quoi et ce qu'il en est ressorti, ce qui, de manière évidente et indéniable, ne me regarde absolument pas. Heureusement, ma mauvaise foi naturelle ne s'embarrasse pas longtemps de ce genre de considération.

— Oui, répond-il avec la plus grande amabilité.

Il m'énerve un peu, mais je fais bonne figure.

— Super !

— J'allais le dire.

— Elle est curieuse de savoir à qui vous téléphoniez, me trahit Mélie.

— J'avais compris, répond William.

— Heureusement que je ne vous entends pas du tout.

— C'était mon frère, lâche-t-il alors. Je m'assurais que tout allait bien et le prévenais que j'allais pouvoir décoller.

— Vous êtes proches ? persiste Mélie avec son insouciance naturelle.

— A notre façon.

Une expression étrange passe sur son visage. Je ne sais pas trop de quelle émotion il s'agit : regret, tristesse ou fierté ? Quelque chose me dit que son histoire familiale est aussi complexe que la mienne, sauf que cette complexité a l'air bien plus silencieuse. Elle se noue dans le velours et l'ombre, tandis que la mienne hurle et gesticule.

— Oh ! mon Dieu, Scarlett !

La figure de Mélie se décompose et je ne tarde pas à comprendre pourquoi. Autour de nous, les gens s'agitent, râlent et se lèvent de leur siège. Ce que je craignais arrive : notre vol est annulé, pas retardé, *annulé*, avec toute l'irrévocabilité que ce mot contient. Mon sang dégringole dans mes jambes et j'arrive à peine à murmurer :

— Non... pas encore...

— Maman, souffle Mélie.

— Attends, non, c'est juste repoussé, je... regarde encore le tableau.

Je bafouille. Cette fois, l'aventure ne m'amuse plus du tout. Mon cerveau projette contre mes pupilles l'image de ma mère le jour du réveillon de Noël, sans ses filles, sans son mari, dans une maison vide, une tonne de nourriture sur une table que personne n'honorera. C'est une vision manichéenne, mais elle me bouleverse.

— Qu'est-ce qu'on va faire ? me demande Mélie.

Comme si je pouvais le savoir !

— Bon, écoutez, intervient William, l'air plus sombre, je vais trouver des réponses. Il me semble qu'entre leurs ingénieurs et leurs chargés de communication, quelqu'un doit bien être capable de nous dire ce qu'il en sera du trafic, aujourd'hui.

Mélie et moi le regardons s'éloigner. D'ordinaire, je l'aurais accompagné, mais je suis fatiguée. Ce Noël est en train de tourner au carnage et je crains déjà l'appel que nous allons devoir passer à maman. Si aucun avion ne décolle aujourd'hui, on sera bonnes pour se rabattre sur le ferry demain en début d'après-midi, pour n'arriver qu'en fin de journée. Autant dire après Noël. J'inspire un grand coup et passe la main sur la joue de ma sœur. Je lui fais mon sourire d'acier, celui qui dit : « tout va bien, tout est sous mon contrôle », et elle, elle fait semblant d'y croire. Nous ne sommes pas les seules à nous laisser gagner par l'angoisse. J'entends des couples s'accuser mutuellement d'avoir quitté la France à cette période de l'année ; ils ressortent les vieux dossiers. D'autres s'en prennent à la compagnie et menacent de recours juridiques. Chacun extériorise son impuissance à sa manière.

J'ignore depuis combien de temps William s'en est allé dans la dimension parallèle du personnel de la compagnie aérienne. Comme je n'ai guère d'idée plus brillante que celle de l'attendre, je reste assise, la main dans celle de Mélie, et me surprends à prier qui veut bien m'entendre.

William finit par revenir et je constate à son air fermé que nous n'allons sans doute pas aimer ce qu'il s'apprête à nous dire.

Non, quand même pas ?

— Alors ? s'enquiert Mélie sur un ton de supplique.

— Désolé... mais d'après la British, une pluie verglaçante a suivi les importantes chutes de neige de cette nuit et bloque la circulation des avions, explique-t-il avec douceur. Pour l'instant, ils n'ont aucune intention de faire décoller des vols et on m'a clairement fait comprendre qu'ils ne pensaient pas que ça se débloquerait dans la journée. Ils m'ont conseillé de rentrer.

Je reste coite quelques secondes avant de murmurer :

— C'est pas vrai...

— Scarlett ?

Mélie me voit telle que je suis supposée être : l'aînée qui trouve une solution. Je tranche.

— J'appelle maman.

Les mères ont un sixième sens, celui d'être connectées aux émotions de leurs enfants. C'est une sorte de fil invisible qui relie leurs cœurs. J'ai à peine prononcé le mot « Allô » qu'elle sait déjà qu'il y a un problème. Un gros problème. Je prends toutes les précautions du monde pour lui annoncer qu'il y a peu de chances que nous puissions partir aujourd'hui et que nous devrons peut-être choisir de prendre le ferry demain pour éviter de vivre un troisième jour de blocage. Au bout du fil, c'est le pire qui se produit : rien. Pas de cris, pas de lamentations, pas d'invocations : *rien*. Elle me dit qu'elle comprend, qu'elle prie pour qu'on rentre rapidement et, surtout, qu'on trouve un endroit confortable pour passer le réveillon. Elle me brise littéralement le cœur. Je ne sais pas quoi lui répondre pour atténuer sa tristesse, pourtant, je sais exactement quelles pensées lui traversent l'esprit. Le lien entre nos cœurs va dans les deux sens. Mais je n'ai rien à lui dire, car il n'y a aucune solution. J'aimerais tellement être à la maison et la prendre dans mes bras, j'aimerais tellement l'entendre hurler !

— Est-ce que ça va aller, maman ? Dis-moi quelque chose… Eh bien, je ne sais pas, n'importe quoi… Tu es sûre ?… D'accord… Mélie et moi, on t'appelle tout à l'heure.

Elle raccroche, en me gratifiant d'un « faites attention

à vous » à peine audible. Je frotte nerveusement ma paume sur mon pantalon.

— Elle n'a pas crié ? me demande Mélie.

— Non.

Je soupire avant de feinter :

— Tu m'excuses, ma chérie, je vais aux toilettes. Quand je reviens, on se trouve un joli petit hôtel, d'accord ?

Je n'attends pas qu'elle me réponde et je me lève rapidement. J'ai la boule au ventre et la désagréable impression d'avoir abandonné ma mère et de ne pas être à la hauteur.

Ça va, c'est pas un drame, non plus. On en rigolera au jour de l'an !

Je me répète cette phrase en boucle et ça n'a aucun effet sur mon moral. J'entre dans les toilettes et me lave les mains, histoire de m'occuper. J'ai une mine affreuse. Ma peau est blanche de nature, pas autant que celle de Mélie, mais assez pour qu'à la moindre contrariété des petites veinules apparaissent vers mes tempes et que mes cernes se colorent d'un léger violet. Je sens l'inquiétude me serrer le cœur et je sais que ça va être une triste soirée.

La porte s'ouvre, je n'y prête pas attention jusqu'à ce que je remarque que William m'a suivie dans les toilettes.

— Cette fois, je suis sûre d'être dans les bonnes.

— Ça tombe bien, car j'étais déjà certain d'être dans les mauvaises, répond-il en s'adossant contre le mur près de la porte.

Il me fixe avec intensité, comme si j'étais un sujet de profonde réflexion. Après un instant de silence, il lance :

— Toutes les deux, vous devriez venir chez moi.

Je tique.

— Pardon ?

— Nous sommes tous les trois seuls pour le réveillon, parce que ni vous ni moi n'avions prévu de le passer là. Ce serait idiot de vivre ce fiasco chacun de son côté. J'ajoute que je dispose d'une chambre d'amis tout ce qu'il y a de salubre et même d'un frigo.

— Eh bien, je ne sais pas…

— A nouveau gênée ?

— Absolument pas.

— Bien, alors, il n'y a pas de problème. Nous passerons la journée à débattre sur ce qu'il faut acheter pour manger et boire ce soir, et Mélie nous racontera quelques anecdotes sur ses patients. Ce sera formidable.

J'hésite. Je ne sais pas trop pourquoi mes alarmes s'excitent autant, mais j'ai du mal à les faire taire. Finalement, je croise les bras sur la poitrine et prends mon air de greffier.

— Une chambre d'amis et un frigo, d'accord. Des toilettes ?

— Oui.

— Une salle de bains ?

— Pour être honnête, je ne me souviens plus, il faudrait que je vérifie sur les plans.

— Un lave-vaisselle ?

— Inutile, les rats se chargent de tout nettoyer, nous sommes dans une métropole.

J'inspire profondément, parce que je remarque que mon rythme cardiaque s'est un peu accéléré.

— Entendu, mais je veux choisir le rat qui s'occupera de mon assiette.

— Je vous préviens, ils sont syndiqués.

Il tend la main vers moi ; j'ai presque un mouvement de recul tant j'en suis surprise. Prendre la main de quelqu'un, c'est intime. Un geste d'affection. Il a raison, j'ai l'air d'une collégienne qui donne le change. Je glisse mes doigts contre sa paume qu'il enferme entre ses deux mains. Des frissons naissent autour de mon poignet, puis grimpent le long de mon bras, jusqu'à se répandre dans le reste de mon corps comme un essaim d'abeilles. Il ne me quitte pas de ses yeux d'encre dont je ne peux toujours pas distinguer la pupille. C'est comme un abîme : vaste et impressionnant. Il porte ma main à sa bouche et je sens ses lèvres toucher ma peau. Il me semble que ma raison ne dit plus grand-chose, car j'ai grande envie de me lover entre ses bras, de sentir son étreinte, agréable et anesthésiante.

— Tout rentrera bientôt dans l'ordre, me rassure-t-il avec une sorte de certitude tendre.

A bien y réfléchir et en laissant de côté mon habituel mauvais esprit, c'est sans doute la chose la plus romantique qu'un homme m'ait dite.

Et comme on se trouve dans ma vie, ça a forcément lieu dans des toilettes.

Chapitre 8

La décision prise, nous ne nous éternisons pas à Heathrow. Sans avoir besoin de se le dire, on est tous lassés de cet aéroport et on a hâte de changer d'air. Cela étant, je ne peux m'empêcher d'éprouver une légère hésitation au moment de rejoindre les terminaux 2 et 3 pour prendre le métro. Le même genre d'hésitation, je suppose, que celle du joueur aux machines à sous qui renonce, mais se dit qu'à peine passé la porte, il entendra sa fichue machine hurler au jackpot. Et si un avion s'affichait miraculeusement sur le tableau des départs ? Je ne confie à personne cette fausse croyance que je sais créée de toutes pièces par mon cerveau qui noue et dénoue les fils de la destinée comme ça l'arrange. En réalité, rien ne décollera de Heathrow et quitter cet enfer est sans doute la meilleure chose à faire.

La ligne Piccadilly nous amène à la gare de Saint-Pancras. Je me demande dans quel quartier vit William et ce que ça raconte de lui et de son histoire. Un changement de métro plus tard, nous descendons à la station de High Street Kensington. Le commerce de l'art doit rapporter, car c'est l'un des quartiers les plus chics de Londres. Lorsque nous sortons du métro, je prends une seconde pour observer le paysage. Kensington High Street est presque déserte. La route a été déblayée — en témoignent les monticules de neige contre les trottoirs — mais, déjà, une nouvelle pellicule la recouvre. Les voitures garées qui n'ont pas bougé depuis plus de vingt-quatre heures ont disparu sous une sorte d'épaisse bâche blanche et glacée. Quelques véhicules passent devant nous au ralenti ; tout a l'air de tourner *au ralenti*. Nous marchons un petit moment et nous approchons de Holland Park. Je suis venue suffisamment souvent à Londres pour bien me repérer dans la ville. Holland Park se situe dans le district de Chelsea et Kensington, autant dire un des hauts lieux de la classe aisée de la ville. On reconnaît leur niveau de vie au nombre de Bentley et de Porsche présentes dans la rue, en nette surreprésentation dans ce coin-là.

Nous quittons l'artère principale pour emprunter la rue de Holland Park et son enfilade parfaite de maisons claires, chacune identique à sa voisine. Les façades blanches et ocre se fondent dans le décor neigeux et donnent à la rue entière un aspect trop monochrome pour être naturel.

Depuis toute petite, je suis amoureuse des paysages citadins. Heureusement pour moi, mes parents adoraient voyager. Très jeune, j'ai donc pu visiter et comparer les grandes villes d'Europe et même celles à l'autre bout du monde. Je crois que c'est à cause de cette fascination pour la structure et l'imbrication des rues entre elles, des quartiers, des maisons et des buildings, que j'ai choisi d'être architecte. Moi aussi, je voulais jouer avec les façades, les formes et les structures d'acier, de brique et de verre. Et parmi toutes les villes que j'ai découvertes, Tokyo et Londres sont de loin mes préférées. Deux géants urbains aux multiples facettes, dans lesquels il est à la fois facile de se perdre et de s'identifier.

Nous nous arrêtons finalement devant un bloc blanc constitué de trois étages plus les combles, et affichant trois rangées de grandes fenêtres, dont deux avançant sur la rue, comme si quelqu'un les avait poussées de l'intérieur pour gagner de la place. Lorsque nous passons l'élégant porche encadré de deux petites colonnades blanches typiques des maisons de ville londoniennes, nous laissons échapper un soupir de bien-être et louons le dieu chauffage. La petite balade m'a fait perdre toute sensation dans les membres et je tapote mes pieds sur le paillasson, autant pour retirer la neige, que pour faire circuler le sang.

Je ne peux m'empêcher de lâcher :

— Il va vraiment falloir se motiver pour ressortir et trouver à manger !

— On peut toujours trouver un livreur inconscient, répond William, et profiter d'un patron de restauration sans scrupule et à court d'argent.

— Le manque de scrupules fait faire des choses incroyables, ajoute Mélie, les gens sans scrupule sont très créatifs. Trouvons-en un.

William nous fait passer devant lui en me signifiant du regard que ma sœur a l'idée du siècle. Nous arrivons dans une large pièce qui fait office de salon. Mon œil technique en scanne la décoration et l'agencement. La façon dont on organise son lieu de vie donne tellement d'informations sur nous ! La première chose que je remarque, c'est que William aime les espaces clairs et doux. La grande fenêtre éclaire un parquet clair et des murs blancs. Trois canapés couleur taupe encadrent une table basse en bois foncé. Un immense tableau moderne occupe presque tout un pan de mur et décline des couleurs chaudes telles que le chocolat, le beige et une pointe de rouge. Je n'y connais strictement rien en peinture, mais celle-ci m'impressionne. Je remarque des sculptures dans les coins des pièces et du couloir. C'est discret, mais présent. William est un amoureux des œuvres d'art, cependant il ne s'en vante pas. Il nous emmène dans la chambre d'amis, elle aussi tout en couleurs douces et harmonieuses, et sobrement meublée. Si je faisais de la psychologie de comptoir basée sur sa décoration d'intérieur, je dirais que cet homme conjure un passé chaotique et chargé d'ombres. Mais la spécialiste en psychologie dans la famille, c'est Mélie, pas moi.

— Qui est partant pour une boisson chaude ? demande William.

Je croyais qu'il n'allait jamais le proposer.

— Ce sera parfait.

— Moi, je la prendrai en intraveineuse, précise

Mélie qui se frotte les bras pour se réchauffer. Je vais passer un petit coup de fil à maman.

— Bonne idée.

Je quitte la chambre par lâcheté. Je ne me sens pas la force de voir la tête qu'elle va faire quand elle aura maman en ligne. Je préfère écouter le compte rendu, histoire de ménager une sorte de distance émotionnelle. Je suis William dans la cuisine située à l'étage en dessous. La pièce est assez petite, carrée et comme installée dans une véranda. Ça lui donne un côté très végétal que je trouve intéressant. Néanmoins, quelque chose me chiffonne et je ne tarde pas à lui en faire part.

— Pas de guirlandes, pas de sapin de Noël ? Choix religieux ou politique ?

— Ni l'un ni l'autre. D'habitude, je fête Noël chez mes parents, avec toute la famille. Pendant les fêtes de fin d'année, notre maison familiale ressemble aux façades de chez Harrods, bien assez pour ne pas en rajouter.

On n'a jamais trop de décorations de Noël...

Il me tend une tasse et laisse traîner ses doigts sur les miens, sans cacher la sensualité assumée de son geste. Ce contact me réchauffe plus rapidement que n'importe quel breuvage brûlant.

— William, je suis quand même un peu gênée d'être ici, chez vous. Je veux dire, vous auriez pu passer le réveillon chez vos parents, comme vous en avez l'habitude. Au lieu de ça, vous vous retrouvez avec deux étrangères.

Il m'indique où m'asseoir avant de verser l'eau chaude et d'y plonger un sachet de thé.

— Je ne fais jamais rien que je ne veuille vraiment faire, répond-il en s'asseyant juste à côté de moi. Rassurée ?

Je suis presque certaine que mes pommettes sont en train de rosir. Espérant que ce n'est qu'une impression, j'enchaîne avec humour :

— Rassurée mais également un peu terrifiée à l'idée de manger des pizzas livrées, pour le réveillon. Je ne suis pas sûre que les puissances cosmiques l'acceptent.

— Femme de peu de foi ! Si nous parlons de livraison, on peut sûrement trouver des sushis.

— Ce qui serait encore plus transgressif !

Son genou touche le mien. J'aime ce contact discret, léger, et pourtant terriblement évocateur. Son regard court sur mon visage, mon cou, mes cheveux. C'est comme s'il me caressait. J'esquisse un sourire complice et consentant. Je pourrais faire ce que savent faire les femmes quand il s'agit d'inviter les hommes, mais je trouve cette retenue si émoustillante. J'appuie ma jambe contre la sienne et je sens qu'il répond en exerçant la même pression. Nous restons silencieux et apprécions ce drôle d'instant qui se fige juste sous les fenêtres couvertes de neige de la cuisine. C'est parfait. Il pose lentement la main sur ma cuisse, d'abord en un geste tendre, amical, puis je sens le bout de ses doigts appuyer plus ou moins sur mon pantalon, comme s'il m'écrivait un message. Je pourrais me pencher, je pourrais tendre le cou, je pourrais glisser ma main sur la sienne, sauf que je préfère le regarder me tourner autour et je crois voir dans ses yeux qu'il apprécie cette observation.

Ma sœur apparaît alors dans la pièce.

— Mince ! Navrée d'interrompre quelque chose, lance-t-elle, l'air sincèrement embêtée.

Je me défends.

— Non, non, tu n'interromps rien.

— Contrarier ses désirs sexuels et émotionnels est contre nature et tu sais ce que ça fait, les actes contre nature ?

— Mélie, je t'en prie…

— Moi, je ne sais pas, enchaîne aussitôt William.

— Eh bien, ça fait des trous dans l'inconscient et plus l'inconscient est troué, moins il fait son travail. Scarlett, tu ne veux pas arrêter de trouer ton inconscient ?

Je suis consternée.

— Oui, renchérit William, les trous dans l'inconscient, ça me paraît une affaire assez grave pour qu'on s'y intéresse.

— Je ne vous entends pas, non vraiment.

Heureusement pour moi, mon inconscient, ma conscience, mon *moi*, mon *ça*, mon *surmoi* et je ne sais quoi d'autre, du bruit au rez-de-chaussée interrompt cette brillante discussion. William ne cache pas sa surprise et se lève pour aller voir. Il n'a pas le temps d'atteindre le couloir qu'un homme fait déjà irruption devant nous. Je remarque assez vite qu'il lui ressemble, bien qu'il ait un visage plus ingrat et un léger début de calvitie au niveau des tempes.

— Magnifique ! Tu es déjà rentré de Heathrow, lâche l'inconnu avec soulagement, avant de nous dévisager, ma sœur et moi. Oh ! mais je vois que tu es rentré avec plus de bagages que quand tu es parti.

— Je te présente Scarlett et Mélie, répond William avant de se tourner vers nous et de poursuivre : Thomas, mon frère.

Ledit Thomas arque un sourcil et met une seconde avant de réagir.

— Scarlett et Mélie, comme dans *Autant en emporte le vent* ? Dites-moi que je n'ai pas raté l'épisode de la confection de la robe dans le rideau ?

Cent pour cent gay.

— Eh bien, je ne suis pas convaincue par la couleur des rideaux, pour être honnête, dis-je sans me démonter, parce qu'on me l'a faite un milliard de fois.

— Je ne cesse de lui répéter à quel point ses rideaux sont moches, poursuit-il dans un français presque aussi parfait que son frère.

— Puis-je savoir ce que tu viens faire chez moi à une heure si matinale ? lui demande William.

— Pleurer sur ton épaule, confie Thomas, en exagérant le ton dramatique de sa réplique. Enfin, pour le coup, pleurer sur *vos* épaules.

— Une peine de cœur en cette période de l'année est particulièrement cruelle et difficile à surmonter, intervient Mélie avec une compassion sincère.

— Mon Dieu, ça se voit tant que ça ! s'exclame Thomas en s'asseyant sur une chaise, ou plus exactement, en se laissant choir sur une chaise.

— Je vois votre cœur dans vos yeux, déclare Mélie avec le plus grand sérieux.

Un silence s'installe. J'aimerais trouver une idée brillante pour rattraper le coup, mais c'est trop tard.

— J'adore tes amies ! lance alors Thomas avec un enthousiasme débordant. C'est Moché, mon petit ami. Nous nous sommes affreusement disputés hier soir et, ce matin, de nouveau. Je ne l'ai jamais vu aussi fâché. Il est parti en claquant la porte. C'est la première fois. Les Anglais ne claquent jamais les portes, vous comprenez.

Oui, ça, c'est un truc bien de chez nous.

— A votre avis, qu'est-ce qui l'a mis dans cet état ? demande ma sœur dont la voix est passée en mode hypnotique, celui qu'elle prend quand elle veut extirper de votre crâne toutes vos pensées les plus intimes.

Je croise le regard blasé de William qui fait trois pas en arrière, comme si les confidences de son frère allaient lui sauter à la figure et le contaminer.

— Probablement mon manque d'implication supposée, répond Thomas en plongeant le nez dans ma tasse. Du thé ? William, je suis en pleine crise et tu me sers un thé ?

— Tu es *toujours* en pleine crise, comment veux-tu que je fasse la différence entre une crise à thé et une crise à café ?

— Cet homme est mort à l'intérieur.

— Tiens, ma sœur aussi ! s'exclame Mélie.

— Ça ne me gêne pas du tout de jouer les dommages

collatéraux, dis-je en soupirant et en faisant semblant d'aider William à préparer du café.

— Quels sont les signes qu'il a pu percevoir, concernant votre manque d'implication ? s'enquiert à nouveau Mélie.

— Sans trop m'avancer, je pense que le fait que notre relation ne soit pas encore officialisée, alors que nous sommes ensemble depuis un an, lui pèse.

— Vous semblez pourtant parler de lui assez facilement.

— A des inconnus, oui, quant à la famille... C'est une autre histoire.

— Vous n'avez pas parlé de lui particulièrement, ou de votre homosexualité en général ?

William se penche vers moi et chuchote :

— Ça ne vaut pas le sujet de la sodomie, mais ce n'est pas complètement inintéressant.

— Laissez-lui vingt minutes et vous en aurez pour votre argent, croyez-moi.

— Des deux, avoue Thomas. J'ai une mère abusive. Elle filerait des complexes d'infériorité à Caligula pour ce qui est des relations humaines. Evidemment, très tôt, j'ai appris à lui mentir, question de survie.

— Etes-vous certain que vous ne projetez pas plutôt sur elle et sa menace supposée vos propres peurs de ne pas être un fils parfait ?

William et moi assistons à l'échange, côte à côte, comme deux spectateurs d'un match de tennis. Je suis soulagée que son frère accepte lui aussi assez facilement le caractère un peu spécial de Mélie. Il a même l'air de trouver un réel intérêt à se confier à elle. J'avoue que je n'ai jamais pris trop au sérieux le métier de ma sœur, mais peut-être qu'elle est réellement excellente dans son domaine et que son travail est plus utile que le mien.

— Quand j'avais neuf ans, poursuit Thomas, j'avais un ami dont j'étais inséparable. En tout bien tout honneur, à l'époque. Nous n'étions jamais l'un sans l'autre. Du jour au lendemain, ma mère m'a défendu de le revoir sous prétexte qu'il était gaucher et que les gauchers sont statistiquement moins adaptés socialement et, de ce fait, réussissent moins.

Ah oui, quand même...

— Mais, c'est faux ! ne puis-je m'empêcher d'intervenir.

— Bien sûr que c'est faux ! En réalité, le seul vrai crime de ce pauvre garçon était que sa famille habitait du côté de Liverpool. Comment dit-on, déjà, en français ? Une histoire de serviettes...

— On ne mélange pas les torchons et les serviettes, répond ma sœur.

— Je ne suis pas sûr de comprendre totalement cette phrase, mais ce que je sais, en revanche, c'est que ma mère pense être un mouchoir brodé et que si elle frayait avec de l'essuie-tout, elle convulserait dans la minute. Et ça n'a été que le début du tri sélectif de mes petits camarades.

Thomas marque une pause et avale une gorgée de son café avant de reprendre.

— Alors, lui annoncer que l'un de ses fils adorés

est une indécrottable fiotte qui s'envoie un juif, ce serait comme débarquer en Russie et cracher à la figure de Poutine.

— Votre petit ami a-t-il de bons rapports avec sa famille ?

— Eh bien, c'est un clan. Ils sont toujours collés les uns aux autres en rangs serrés comme un banc de sardines.

— C'est pour ça que c'est si difficile pour lui. Vous lui demandez, en quelque sorte, de comprendre une langue qui n'est pas la sienne et qu'il ne parle pas.

— La solution serait peut-être de lui faire rencontrer maman. Il comprendrait très rapidement d'où vient le problème, suggère William, l'expression pleine de sous-entendus qui me font froid dans le dos.

Thomas laisse échapper un immense soupir avant de reprendre.

— S'il vous plaît, adoptez-moi pour le réveillon !

— Et quelle excuse penses-tu lui donner ? demande William avec un petit sourire cruel.

— La même que la tienne : une bien pourrie.

— La mienne n'est pas *pourrie.*

— Tu lui as fait croire que tu allais rester coincé à l'aéroport une journée de plus ! Tout ça pour rencontrer à Paris un obscur artiste qu'elle ne connaît pas et qui, entre nous, sera encore là-bas dans quinze jours.

— Mon excuse n'est pas pourrie. Sournoise, peut-être, mensongère absolument. Mais pas pourrie.

— Bon, quel est le programme ? lance Thomas avec enthousiasme. Qu'avez-vous prévu pour manger ?

— Pizza ? répond William en me jetant un coup d'œil espiègle.

— Ou sushis, si on veut vraiment prendre des risques, dis-je en souriant.

Thomas nous dévisage comme si on venait d'une planète d'un autre système solaire.

— Excusez-moi, mais vous avez laissé votre cerveau à la douane ?

Encore aurait-il fallu qu'on la passe, cette foutue douane !

— Calme-toi, Thomas, tu vas hyperventiler.

— Et j'aurais des raisons ! Il y a des traiteurs dans le quartier ! Je vous signale qu'on n'est pas dans le trou du cul de la banlieue, heureusement. Je vous fais une liste et vous allez nous chercher un repas civilisé.

Me sentant clairement visée dans le « vous », j'ouvre grand les yeux, avant d'interroger silencieusement mon voisin.

— Pourquoi nous deux ? demande William aussi interloqué que moi.

— Parce que je veux avoir une discussion intime avec cette jeune femme, répond Thomas en désignant ma sœur, et que vous allez polluer mes confidences avec votre négativité.

— Je ne me sens pas particulièrement négatif, et vous ? me questionne William.

— Je dirais : neutre, tendance positive dans les coins.

William me sert un grand sourire qui illumine et adoucit la dureté de ses traits, et je me surprends à aimer d'en être à l'origine. En moins de dix minutes,

Thomas produit une liste impressionnante de choses à acheter et je dois reconnaître qu'il a plutôt de bonnes idées gastronomiques. Je culpabilise un peu de trouver ce moment agréable, parce que si Mélie et moi avons la chance de ne pas passer le réveillon toutes seules, il n'en est pas de même pour ma mère. Tandis que William appelle les traiteurs de son quartier pour vérifier qu'on ne se déplacera pas pour rien et que Thomas refait une tournée de café, je prends Mélie à part et lui demande comment elle a trouvé maman. Cette fois, c'est elle qui joue les diplomates. Elle me rassure en me disant que maman semblait un peu moins affectée et que le fait de savoir qu'on se trouvait dans un endroit convivial pour le réveillon semblait l'avoir rassurée. Je trouve ça louche. On n'a toujours pas eu la grande scène du drame shakespearien et les lamentations des pleureuses romaines. Louche, oui...

Finalement, William et moi nous décidons à sortir, ou plutôt sommes poussés dehors par son frère, dès que ce dernier est certain que le traiteur dispose de la presque totalité des produits de sa liste. Affrontant le froid et la neige, nous voilà donc à arpenter le quartier de Chelsea afin de rapporter des toasts, du saumon, du homard et plein d'autres denrées. Le sol est très glissant, et, malgré les semelles antidérapantes de mes bottes, je manque de me retrouver sur les fesses. William me prend le bras et le glisse sous le sien pour m'aider à stabiliser ma démarche.

Nous remontons la rue un moment et je me demande de quoi on a l'air, bras dessus bras dessous. La rue est belle avec ses façades décorées pour les fêtes et les branches nues des arbres poudrées de blanc. Ça pourrait presque être une scène de film et, pendant quelques minutes, je laisse aller mes pensées et j'imagine ce que ma vie serait avec un mari, des enfants, une maison, un chien et tout le reste du cliché. Est-ce que cette idée me fascine ou m'effraie ? Est-ce qu'elle me fait rire ou m'émeut ? Comme je n'ai aucune réponse et que ça m'angoisse, je meuble.

— Votre frère a l'air d'avoir une sacrée personnalité.

— Si « sacrée personnalité » est un synonyme d'ingérable, oui.

— Vous paraissez différent, mais je trouve que vous avez le même regard.

— Je ne suis pas certain de devoir me réjouir de la comparaison.

— Je veux parler de cette étincelle.

Il ralentit le pas et m'observe.

— Quelle étincelle ?

— Celle qui danse dans vos yeux.

Quelque chose passe alors sur son visage, comme une ombre. Je ne sais pas la définir, mais elle me met mal à l'aise. J'ai touché une corde sensible et une petite voix me dit que ce n'est pas la bonne. Parce qu'elle est désaccordée, peut-être ? Je sens qu'il se raidit et je suis affectée par l'idée de l'avoir froissé ou contrarié, même si j'ignore en quoi.

Heureusement, l'arrivée chez le traiteur met fin à ce moment de gêne incompréhensible. Nous passons un long moment à décrypter la liste et à choisir les produits. William tient à tout payer, ce qui me rend redevable, bien que, n'en déplaise à mon âme de féministe, j'apprécie le geste pour être totalement honnête.

Au bout d'un quart d'heure, nous avons presque tout et, surtout, de quoi tenir un siège. Nous quittons le magasin et reprenons le chemin en sens inverse. Cependant, je n'arrive pas à évacuer ce sentiment de malaise et cela me touche plus que je ne le pensais. La dernière chose que je veux, c'est que William ait une mauvaise image de moi. Je sais que c'est totalement puéril — pire, que ça ne me ressemble pas —, mais le fait est que son respect, peut-être même son affection, m'importent. Ça tourne en boucle dans ma tête et plus ça tourne, plus ça m'énerve. Alors, au risque de créer un incident diplomatique, et aussi parce que je manque parfois totalement de jugeote, je décide de tirer ça au clair.

— William, j'ai une question un peu délicate, mais comme il n'y a aucune chance que je renonce à vous la poser, j'essaie de voir comment je pourrais la formuler au mieux.

— Et je suis censé vous aider, c'est ça ?

— Oui, j'apprécierais beaucoup…

— Même si c'est moins drôle ?

— Oui.

— D'accord, je vous écoute.

— C'est ça, votre aide ?

— Je suis britannique, si vous voulez une aide véritable, demandez à un Allemand.

Je soupire.

— J'ai eu l'impression de vous contrarier, tout à l'heure, en parlant de l'étincelle dans vos yeux et la dernière chose que je veux, c'est… dire quelque chose qui vous contrarie, parce qu'il fait vraiment froid dehors.

Il a l'air surpris. Il ne manquerait plus que je me sois fait des idées… Là, on toucherait le fond !

C'est quoi ton problème à toujours voir des problèmes, sérieux ?

Les secondes s'éternisent et j'aimerais être une petite souris, blanche de préférence pour être totalement raccord avec l'environnement. J'ai beau scruter le moindre tressaillement de ses lèvres, le plus petit frémissement de peau, impossible de lire en lui. Est-il étonné, attendri, amusé ? Fichtre ! Ces insulaires devraient être livrés avec le mode d'emploi !

— Je suis touché que vous vous inquiétiez de me déplaire, répondit-il finalement en souriant.

— Je n'ai pas dit « déplaire », j'ai dit « contrarier ».

— Je préfère « déplaire », je propose de garder « déplaire ».

— On n'est pas censés voter pour ce genre de décision ?

— Non.

— Ah.

Je l'entends prendre une grande inspiration.

— C'est juste que c'est une phrase que ma femme me disait souvent.

Mon sang ne fait qu'un tour et je ne sais pas quoi répondre.

— Je n'avais pas entendu cette histoire d'étincelle dans mes yeux depuis longtemps. Depuis qu'elle est partie.

— Je… je suis désolée.

Ah oui, puissant, ça.

— Ne le soyez pas, c'est plutôt un bon souvenir.

Encore cette incroyable lumière dans ses yeux. Elle n'est pas toujours là, c'est intermittent, mais quand elle pointe le bout de son nez, ses iris racontent tant de mystères…

Nous sommes soulagés d'atteindre l'appartement et nous promettons de ne plus ressortir de la journée. Nous avons à manger et à boire pour deux jours au moins, il n'y a donc aucune raison de braver à nouveau le froid.

Une fois dans le vestibule, nous entendons un bruit de conversation animée. Cependant, il ne me semble reconnaître ni la voix de ma sœur, ni celle de Thomas. William paraît aussi intrigué que moi. Soudain, une femme élégante d'une cinquantaine d'années se présente en haut de l'escalier. Les bras croisés sur la poitrine et l'air d'un juge pénal, elle interpelle William dans un anglais très racé :

— J'ai bien fait d'appeler ton frère pour être certaine que tu étais rentré.

— Maman ? !

Maman… comme dans *La Petite Maison dans la prairie*, ou comme dans *Alien* ?

Chapitre 9

Sur mon échelle de un à dix permettant de classer les moments les plus gênants de ma vie, celui-là vaut un bon neuf. Face à moi, dans le grand salon du second étage, il y a presque toute la famille de William qui me regarde, manifestement aussi perplexe que moi. Je suis certaine qu'on a tous l'air d'une portée de chiots dans un jeu de quilles. Dans un monde parfait, ou dans une sitcom légère et pleine d'humour, on aurait trouvé la situation drôle et on aurait immédiatement sympathisé, pour finalement rire de bon cœur autour d'une table. Mais on n'est pas dans une sitcom, on est dans ma vie et, *dans ma vie*, les hostilités démarrent directement et sans préliminaires.

— Je suis assez surprise de tomber sur ton frère et toi et… tes amies, attaque la mère de William, car le ton est clairement pincé. Il me semble que vous avez dans vos sacs de quoi faire la fête pendant plusieurs jours.

Cette femme a dû être très belle quand elle était jeune, me dis-je en mon for intérieur. Je comprends d'où William tient sa classe naturelle et son maintien altier. Mais quelque chose de désagréable se dégage d'elle, une impression irritante qui persiste, la même que celle qu'on ressent quand une craie crisse sur un tableau noir.

— Il a bien fallu s'adapter aux circonstances exceptionnelles, tranche William, un brin sur la défensive.

— Je vois ça, répond sa mère. Peut-être pourrais-tu faire les présentations ?

— Peut-être pourrais-tu me dire ce que vous faites tous ici ?

— Scarlett, Mélanie..., intervient Thomas pour rompre la tension grandissante entre son frère et sa mère, voici un échantillon assez représentatif du clan Hill : Lizzie, notre grand-mère, Kathy, notre tante, Georges, mon père et Lena, notre mère. Tout le monde, je vous présente Scarlett et Mélanie.

Cette fois, j'ai l'impression d'être nue sur une scène, face à un public particulièrement peu réceptif. L'auditoire nous fixe, ma sœur et moi, et je comprends qu'ils se demandent d'où est-ce qu'on sort.

— Enchantée, dit la grand-mère qui me fait penser à une fraise : ronde, petite, le teint un peu rouge et qui a l'air adorable. Vous êtes des amies des garçons, c'est ça ?

— Oui, s'empresse de répondre Thomas qui meuble. En fait, elles devaient rentrer chez elles, en France, mais à cause de la tempête, elles se sont retrouvées coincées ici.

— Vous vous connaissez depuis longtemps ?

renchérit la mère, que j'imagine aisément en prêtre inquisiteur espagnol.

— Eh bien, un petit moment…

Je sens Thomas s'embrouiller dans ses mensonges. Je ne sais pas pourquoi il raconte cette histoire. Les circonstances de notre rencontre sont plutôt drôles. Peut-être essaie-t-il d'expliquer pourquoi son frère et lui n'ont pas immédiatement rejoint leur famille pour les fêtes ? Héberger des amies dans le besoin et leur tenir compagnie, ça se comprend, le faire pour deux inconnues, c'est déjà plus délicat à justifier. Quelque chose de lourd plane au-dessus de cette famille. Je suis certaine de ne pas rêver l'air supérieur et revanchard de la mère, le regard fuyant du père et les yeux bouffis de larmes récentes de la tante. Ça sent le drame, je pourrais en jurer.

— Scarlett est ma petite amie, déclare Thomas.

— Hein ? lâché-je.

— Thom…

William n'arrive pas à aller au bout de sa phrase. Ses yeux arrondis de sidération lancent très vite des éclairs en direction de son frère, dont la mine est à peine crispée.

— Voilà, enchaîne Thomas avec un sourire démesuré, c'est exactement ce que je voulais éviter : une annonce en grande pompe et pas du tout gênante pour nous deux ! C'est la raison pour laquelle je ne voulais rien dire.

Hein ?

— Scarlett et sa sœur sont venues passer quelques

jours à Londres, poursuit-il dans son délire verbal, c'était l'occasion de leur faire découvrir la ville. Malheureusement, elles n'ont pas pu repartir à cause des intempéries. Tu comprendras, maman, qu'il aurait été délicat de les laisser seules et, plus encore, de les ramener chez vous pour les fêtes.

Quelques secondes silencieuses s'écoulent. En poussant la métaphore, on pourrait même dire qu'elles s'écrasent lamentablement au sol. Je ne sais pas si je dois sourire, m'enfuir, faire la révérence ou des claquettes. Finalement, la grand-mère se lève, se dirige droit vers moi et m'offre une accolade chaleureuse.

— Pardonnez l'accueil de cette famille de fous, me confie-t-elle de sa voix mélodieuse, je pense qu'on l'a trop longtemps laissée dans le réfrigérateur, et depuis, elle est gelée. Je suis ravie de vous rencontrer ! Thomas est tellement secret sur sa vie privée.

Sans blague…

— Effectivement, intervient Lena, dont le sourire reste de glace, *très* secret. Alors, c'est une excellente chose que nous ayons été obligés de venir ici pour le réveillon, nous allons pouvoir faire connaissance.

Je suis convaincue que c'est précisément ce genre de phrase que disaient les bourreaux de l'Inquisition aux prisonniers dans les salles de torture : « Nous allons pouvoir faire connaissance. »

— Justement, qu'est-ce que vous faites là ? demande à nouveau William.

La fameuse question à mille points.

— Dégât des eaux, répond sa mère en vérifiant

ses boucles blondes impeccablement mises en plis. La cave est totalement inondée.

— De l'eau jusqu'à mi-mollet ! lance la grand-mère qui a l'air de trouver ça très drôle.

— On a eu un mal fou à faire venir un plombier aujourd'hui, reprend Lena. Ça me rendait malade de voir tout s'abîmer. Ton père a demandé à des agents de la société qu'ils déménagent ce qui pouvait être sauvé et jettent ce qui est fichu. Je ne voulais pas passer le réveillon dans un chantier, alors j'ai dit à tout le monde que nous allions venir ici.

— Ce sera merveilleux ! s'enthousiasme Lizzie. On a à manger ; il faut juste nous assurer que nous avons de l'alcool.

— Maman, je t'en prie, tente de la calmer la mère de William.

— Tu ne m'« en pries » rien du tout ! On va faire la fête et essayer de mettre un peu de chaleur sur ces visages. Regarde ta sœur, elle est encore au bord du suicide ! Ton mari s'est envoyé sa secrétaire, d'accord, Kathy… Mais tu n'es pas la première à qui ça arrive et tu ne seras pas la dernière. C'est extrêmement contrariant, mais tellement banal !

Le silence s'abat de nouveau sur la pièce. Il aurait tout aussi bien pu la pulvériser. Ladite Kathy devient pâle comme les murs et se met à renifler.

— Sans déconner, ton mari et sa secrétaire ! s'exclame Thomas en me prenant par les épaules. Remarquez, je l'ai toujours trouvé un peu sournois, cet homme. Son nez… Il a le nez sournois.

— Grec, corrige la grand-mère. En fait, il a un nez grec. J'ignore si les Grecs sont sournois.

— Pourrait-on changer de sujet ? supplie la tante sans cacher son désespoir.

— Quelqu'un veut-il du thé ? s'enquiert alors Lizzie.

Je vois toutes les têtes opiner avec force. Je ne sais pas ce que les Britanniques mettent dans leur thé, mais il semble être un remède à tout.

— J'y vais, annonce William.

Sa voix est glaciale. Il sort du salon et même son sillage me paraît gelé. Je reste un instant figée contre un Thomas toujours en représentation. Etrangement, je ne pense qu'à une chose : rejoindre son frère.

— Je vais l'aider à servir.

J'esquisse un sourire en direction de mon nouveau petit ami gay, lequel me gratifie d'un baiser bruyant sur le front, puis je m'éclipse. En descendant l'escalier pour atteindre la cuisine, je me demande comment les choses ont pu déraper à ce point et s'il y a une sorte de seuil limite de dérapage ? L'a-t-on atteint ou en est-on encore loin ?

Quand je pénètre dans la cuisine, William a la tête dans un placard. Il le referme un peu brutalement. La tension crispe l'atmosphère aussi clairement qu'une surface d'eau troublée par le lancer d'un caillou.

Je fais un pas, puis deux et, comme ce n'est pas suffisant, je toussote.

— Quoi ? me jette-t-il en pleine figure.

— Heu… je venais voir si je pouvais aider.

— Je ne suis pas en train de manipuler de l'acide

chlorhydrique. Ce n'est que du darjeeling. Enfin, peut-être un peu d'oolong, si je me laisse aller.

— Je voulais juste me rendre utile.

— Vous le faites déjà.

Je me raidis.

— Pourquoi ai-je l'impression d'essuyer une rafale de piques ?

— C'est une fausse impression.

— Oh ! je vous en prie, la mauvaise foi a été inventée par les Français, vous n'êtes pas taillé pour !

— Le thé sera bientôt prêt.

Comme si j'allais me contenter de cette mauvaise esquive !

— Est-ce à cause de ce qu'a dit votre frère ?

William inspire fortement, le genre d'inspiration qui contient une vieille colère, amère et corrosive.

— Thomas a toujours été comme ça, finit-il par me confier à voix basse.

— Comme... quoi ?

— Il tord les fils de la réalité à sa convenance et se moque des conséquences que ses mensonges peuvent avoir. Après, il pleure comme un enfant.

— Je suppose que c'est une petite comédie pas très méchante qui lui permet d'éviter d'affronter son terrible secret. Cacher qui on est vraiment à ses proches doit être extrêmement difficile.

J'essaie d'être empathique et compréhensive. La dernière chose que j'aimerais, c'est qu'une inconnue se mette à juger ma famille. Cependant, William se redresse aussi rapidement que si on lui avait planté une aiguille dans la colonne vertébrale.

— Manipuler son entourage, ce n'est pas ce que j'appelle « une petite comédie pas très méchante ».

Cette fois, c'est à ma propre colonne de se raidir.

— Je n'ai pas dit que je cautionnais son attitude. J'essaie de comprendre, c'est tout ! Je n'ai pas demandé à jouer les alibis, encore moins à mentir à des gens que je ne connais pas.

— Pourtant, vous semblez plutôt trouver ça anodin.

Je lève les bras au ciel en lançant à moi-même un :

— Ah, mais elle est bonne, celle-là ! Que voulez-vous que je fasse ? Que je dise à toute votre famille : désolée, je ne sais pas de quoi il parle, je ne suis pas sa petite amie, il vous ment ? C'est ça ? A coup sûr, je ferais effectivement sensation.

Tout en installant sur la table un grand plateau sur lequel il dispose une série de tasses, William me lance un regard chargé d'éclairs. Nous demeurons un moment prostrés dans le silence, tout en ne nous quittant pas des yeux. Je respire plus vite. Les émotions se disputent la meilleure place dans mon cerveau et je ne sais pas très bien laquelle va gagner. Cette scène me met dans tous mes états et quand j'aurai enfin déterminé duquel il s'agit, je compte bien y mettre bon ordre.

Finalement, William rompt le silence.

— Je suis... désolé.

Un peu prise de court, je ne sais pas quoi répondre. Dans mon milieu, les gens s'excusent rarement. Ils font simplement comme si la sélectivité de leur mémoire était la même pour tout le monde. On oublie les moments pénibles.

— Vous êtes mêlée à des tensions familiales auxquelles vous ne pouvez rien comprendre et vous devez néanmoins faire bonne figure, poursuit-il à voix plus basse. Je vous remercie de ne pas avoir fait *sensation* en mettant mon frère dans l'embarras. Même si ça ne me plaît pas beaucoup.

Je hausse les épaules pour me donner des airs cool et détachés. Ce qui ne marche pas, parce que hausser les épaules n'a jamais eu cet effet.

— Je comprends, mentir n'est jamais quelque chose dont on doit se réjouir.

— Ce n'est pas ça, répond-il sur un ton que je trouve un peu mystérieux.

— Ah…

Son regard change soudain. Les étincelles chassent les éclairs, ces mêmes étincelles qui lui donnent une sorte de supplément d'âme et qui me fascinent tant. Je sens une vague de chaleur se répandre dans mes reins et juste derrière mes côtes.

— En réalité, l'idée que mon frère joue les amoureux avec vous me contrarie plus que je ne le voudrais.

— Ah…

Décidément, je note que la chaleur interne est proportionnelle à l'affligeante bêtise de mes répliques. De là à y voir un lien de cause à effet…

— Alors, je promets de ne prendre aucun plaisir à simuler une relation amoureuse avec un homosexuel qui vient de se disputer avec son petit ami juif, la veille de Noël.

Je reprends de l'air pour enchaîner sur une autre boutade, soulagée que l'atmosphère se détende un peu, quand les mains de William attrapent mon visage. Ses lèvres atteignent rapidement les miennes dans un baiser tendre et langoureux. Je me laisse aller à ce drôle de vertige que je ressens chaque fois qu'il me touche. Une envie légère mais grandissante se fait une place entre mes organes et me pousse à me coller à lui. J'éprouve un soulagement à sentir le tissu de son costume frotter contre mon pull. Sa langue explore à nouveau la mienne et ses bras accentuent la pression de ma taille contre lui. Je glisse les doigts sur sa nuque, juste à la naissance de ses cheveux impeccablement coupés.

— Ah non ! Je suis prêt à partager ma brosse à dents avec mon frère en cas de crise extrême, mais pas ma fausse nouvelle petite amie !

Je sursaute. Je ne suis pas la seule. William et moi nous séparons aussi brusquement que si on nous avait jeté dessus un seau d'eau froide. Thomas se tient face à nous, la mine à la fois amusée et un tantinet gênée.

— Je m'excuse, reprend-il, mais là-haut, on commence à se demander si vous n'avez pas fui le pays.

— Et quoi ? Tu étais à court de bonnes histoires ? rétorque William, avant de poser son énorme théière sur le plateau.

— Je l'ai mérité, reconnaît Thomas, l'air penaud.

Je suis navré pour cette petite mascarade. Je... j'ai paniqué, voilà tout.

— Non, quand on panique, on bafouille, on renverse son verre, ou on met le chat dans le tambour du sèche-linge par erreur, mais on ne transforme pas une invitée en petite amie fictive ! le rabroue William.

— Je sais, je sais ! se défend Thomas, tout en faisant signe à son frère de parler moins fort. Mais je sens bien que maman me regarde de plus en plus bizarrement. Déjà, à l'anniversaire de papa, le mois dernier, je l'ai vue me tourner autour comme un trader autour d'une bulle spéculative. Elle a commencé à me poser des questions sur des femmes de notre entourage. Tu sais que rien de ce qui sort de sa bouche n'est anodin. Elle me teste, alors, tout à l'heure, j'ai vu une sorte de... d'opportunité. C'est vrai quoi... Scarlett n'est là qu'aujourd'hui et elle est d'un autre continent, ça me laisse un peu de marge de manœuvre. Je suis... désolé.

— Ne me le dis pas à moi, dis-le à Scarlett, répond William sur le ton réprobateur d'un grand frère.

— Scarlett, je vous prie d'accepter mes plus plates excuses, obtempère Thomas.

— Excuses acceptées, dis-je en souriant. Si je peux vous aider, ça me fait plaisir.

— Parfait, répond Thomas, parce que j'aimerais assez que nous formions un couple romantique, fusionnel, mais respectueux de l'individualité de l'autre. Sexuellement ouvert, mais très *old school* sur les conventions. Il faudrait que vous soyez admirative et dans la retenue, car je vous ai séduite en vous intimidant. Moi, j'ai craqué sur votre fougue française, parce que, en fait vous êtes une tigresse que j'ai d…

— Thomas…, le coupe William, en roulant les yeux au plafond.

— Bon, faites de votre mieux, ce sera parfait. Ah, et surtout, ne regardez pas la bête dans les yeux. Jamais.

— « La bête » ?

— Ma mère, précise Thomas. On dirait Lauren Bacall, mais en fait, c'est plutôt Freddy, les griffes de la nuit.

Du bruit dans le couloir interrompt notre conversation. Mélie fait son entrée, suivie de Kathy, la tante, dont la tête et le teint ont décidément l'air aussi brouillés que s'ils avaient été mâchonnés par un bouledogue. Petite, brune, un peu gauche et un brin trop maquillée, elle est l'exact opposé de sa sœur. Son adolescence n'a pas dû être facile.

— Allez-y, prenez un grand verre d'eau froide et récitez l'alphabet à l'envers en buvant, lui explique ma sœur.

Thomas, William et moi nous collons respectivement contre la table et le mur de la pièce pour les laisser passer.

— Je vous remercie, ma chère, déclare la tante, la voix légèrement éraillée par l'émotion. D'un mot, vous savez apaiser les angoisses. Là-haut, j'étouffais. Tous ces regards braqués sur moi…

— Quelqu'un d'autre a remarqué que la cuisine était la pièce la plus petite de l'appartement ? ironise William.

— William, mon chéri, poursuit Kathy, je pense qu'on pourrait peut-être manger, ça occuperait tout le monde.

— Thomas ? enchaîne William. Ferme à clé le vaisselier : j'aimerais éviter de rajouter de l'alcool à cette atmosphère de drame.

— Tu as raison, si on débouche un chardonnay, l'atmosphère risque de prendre feu. Scar... Chérie ? Accompagne-moi en haut, tu veux bien ?

La chérie, elle aimerait vraiment se trouver sur Mars en ce moment !

Je le suis docilement, non sans un bref coup d'œil en direction de William. Je crois déceler sur son visage une expression bienveillante, ou alors, c'est ce que j'ai envie de voir. Nous remontons dans le salon. Thomas ouvre un grand meuble dans lequel se trouve un service complet, sobre et pragmatique. De grandes assiettes blanches et aseptisées comme dans les restaurants branchés. Il m'en tend une pile et m'indique la grande table. Ça m'arrange qu'il m'affecte à des tâches d'exécution, ça m'évite d'avoir à faire la conversation.

Tout en disposant les couverts, j'observe les gens qui m'entourent. Le père, dont j'ignore toujours le son de la voix, s'est calé dans un fauteuil qu'il a poussé contre la fenêtre et lit tranquillement le journal. Il semble si absorbé par sa lecture que rien ne pourrait le troubler. Une façon plus que visible de se murer dans une tour d'ivoire. La grand-mère me fixe avec un sourire intrigué mais tendre. Je suis encline à l'apprécier. Quelque chose de bon se dégage d'elle, une sorte de lumière. Alors, je lui souris en retour, ce qu'elle semble apprécier.

— Comment vous êtes-vous rencontrés, mon fils et vous, si ce n'est pas trop indiscret ?

Je tressaille. La *bête* se trouve juste derrière moi et, comme je n'ai pas les yeux derrière la tête, je ne l'ai pas vue approcher. Pourtant, j'aurais dû sentir le souffle d'air froid sur ma nuque. Elle me contourne et se met à plier les serviettes avec un calme et une concentration parfaitement crispants. Je me sens comme dans le bureau du proviseur du lycée.

La panique. Impossible de faire un signe de détresse discret à Thomas, parce que nous n'avons pas convenu d'un signe de détresse discret. Il faut que j'invente une histoire et que je trouve le moyen de la rapporter très vite à mon petit ami en carton-pâte, avant que sa mère ne se décide à confronter les versions.

— Eh bien, dis-je en toussotant, je suis architecte et quand j'ai travaillé à la rénovation d'un hôtel dans le quartier de Camden, j'ai eu besoin d'une décoration particulière pour le hall d'accueil. De fil en aiguille j'ai découvert la galerie de William. Nous avons passé de longues heures à parler d'aménagement et un jour que je revenais à la galerie, Thomas était là aussi.

Je tente le tout pour le tout.

— Il s'est avéré qu'ils m'ont finalement autant conseillée l'un que l'autre et les œuvres que j'ai fait installer dans l'hôtel ont fait sensation. Pour célébrer ce succès, Thomas m'a invitée au restaurant et voilà.

La classe. J'aurais dû être avocate, ou *serial killer.*

— Comme c'est charmant, ronronne Vladimir Poutine. Thomas et William font en effet des merveilles dans leur galerie.

Ils travaillent donc ensemble. Bon à savoir. Je suis passée tellement près de la catastrophe que j'ai l'impression que mes cheveux dégagent une odeur de roussi. J'acquiesce avec autant d'assurance que mon mensonge le permet.

— J'ignorais qu'ils avaient travaillé pour un hôtel. Il faudra que j'aille voir le résultat, poursuit-elle en feignant à peine d'être intéressée.

Merde.

— Oui, bien sûr, il sera sûrement ravi de vous y emmener.

Après moi, le déluge ! Ils n'auront qu'à gérer.

— Donc, vous êtes architecte, poursuit-elle, bien décidée à ne rien lâcher.

— Tout à fait.

— Et votre sœur ? Je n'ai pas bien compris.

— Psychothérapeute.

Mon juge laisse filer quelques secondes, histoire de faire semblant d'être plus cordiale qu'inquisitrice. Alors, je décide de contre-attaquer en prenant la main sur la conversation.

— Thomas m'a dit que toutes les années, les fêtes de Noël se déroulaient chez vous, mais il ne m'a pas dit où vous habitiez.

— A Primrose Hill.

Génial. A côté de Camden. Bien joué, ma fille !

— C'est un très joli endroit.

— Vous connaissez ?

— Oui, j'aime énormément Londres et, dès que je peux, j'y passe quelques jours en plus de mon travail. Bien, je crois que c'est joli comme ça.

Je fixe la table arrangée avec les assiettes, les verres, les serviettes et autres couverts.

— Oui, ça fera l'affaire, m'accorde ma belle-mère temporaire.

— Je vais descendre voir s'ils n'ont pas besoin de moi.

C'est peut-être un peu brusque, mais j'en ai assez de donner le change. Aider le frère de William me fait plaisir et j'aime cette idée, mais il y a des limites. En plus, quand on ment, il faut éviter de trop en dire. Je fuis donc le champ de bataille et rejoins les autres dans la cuisine.

A peine suis-je dans la pièce que je saute presque sur William.

— J'ai besoin du numéro de téléphone de votre frère.

— Vous savez, en parlant un peu fort, il doit pouvoir vous entendre, si vous ne voulez vraiment pas remonter.

— Non, je dois l'avertir de l'histoire que j'ai dû raconter à votre mère concernant notre rencontre, avant qu'elle ne lui pose exactement la même question.

— Excellent réflexe !

Une fois le numéro en main, j'envoie à Thomas un résumé du bobard. Quelques secondes plus tard, je reçois sa réponse :

Si vos organes génitaux avaient été apparents, je vous aurais épousée.

Avec un pénis, c'est vrai que les potentialités sont plus nombreuses, quoi qu'on en dise.

— Vous y retournez ? me demande William en se penchant assez près de moi.

— Non, je m'accorde une petite pause et je laisse votre frère gérer. Il doit bien y avoir quelque chose que je puisse faire, ici.

— Il faut secouer les salières, m'indique Mélie.

J'interroge William du regard et il semble qu'il ne sait pas non plus de quoi parle ma sœur.

Je me risque à poser la question :

— Parce que... ?

— Parce que, si le sel fait des paquets, ça porte malheur, répond-elle avec son aplomb habituel, et on n'a pas besoin de ça.

Je soupire avant de m'asseoir à table en face d'elle et de me saisir d'une salière.

— Bien, allons-y... Je préfère être ici de toute façon et puis, j'aimerais éclaircir quelque chose qui me turlupine depuis un moment.

— A propos... ? demande William.

— A propos du chat dans le tambour du sèche-linge.

Chapitre 10

J'ignore encore quelle trêve cosmique s'est produite sans que je m'en rende compte, mais le repas qui a suivi s'est déroulé relativement normalement. Il est environ 15 heures et certains d'entre nous dégustent un café, tandis que d'autres s'emploient à débarrasser la table. Ce moment, aussi convivial qu'il peut l'être compte tenu des circonstances, ne fait que confirmer ma première impression concernant la famille de William.

Son père est un vrai mystère. Je pense qu'un matin, cet homme s'est levé et a tout simplement décidé d'arrêter de parler. Cela expliquerait son mutisme qui, s'il n'est pas dû à une cause physiologique, est clairement un acte de révolte contre les siens. L'homme n'a pourtant pas l'air taciturne, je l'ai vu manger et boire tout en souriant. Personne ne sait exactement ce qui l'amuse, mais il paraît satisfait d'être là. Peut-être qu'il se passe en boucle un film marrant dans un coin de la tête. Physiquement, sa femme et lui sont peu assortis. Il porte assez mal le costume ; le tissu tire à plusieurs endroits et le col de sa chemise est un peu tordu. C'est un homme qui se soucie visiblement peu de son apparence, contrairement à Lena. Il est un peu bedonnant et je ne pense pas qu'il ait jamais été séduisant. Je me surprends à me demander ce qu'une femme de cette classe a pu lui trouver. Mon mauvais esprit a tendance à aller sur le terrain de l'argent, mais comme je n'assume pas toujours ses théories, je chasse vite cette idée et je me concentre sur un autre sujet d'observation.

J'éprouve de l'empathie pour Kathy, la tante malheureuse en amour. Je n'ai pas eu beaucoup d'aventures, cependant j'ai été trompée une fois, et je sais à quel point c'est une douleur aiguë. Elle détruit la relation et tout ce qui l'entoure. Elle s'attaque à la confiance qu'on a en l'autre et en soi-même. C'est très difficile de s'en remettre sans garder de profondes cicatrices narcissiques. Or, la famille n'a pas l'air d'en faire grand cas, comme si lui témoigner un tant soit peu d'empathie était déplacé. Que ma sœur se soit assise à côté d'elle est une bonne chose. Mélie possède une force de caractère peu commune. Je suis sûre que l'ambiance tendue et les réflexions assez peu agréables de Lena lui échappent totalement. J'en viens à espérer que celle-ci tente avec ma sœur une approche aussi intrusive que celle qu'elle m'a réservée. Mélie a une façon toute singulière de vous faire comprendre à quel point votre réaction est hors de propos ou déplacée. Les gens pensent que de nous deux, c'est moi la plus forte. Ils ont tort. Je fais juste semblant de l'être. Je serre les dents et les poings, je hausse le ton, je fronce les sourcils. De l'esbroufe, comme un oiseau gonfle ses plumes pour paraître plus gros. En réalité, c'est Mélie la plus forte et elle tire cette puissance de son incroyable connaissance d'elle-même et du genre humain, telle une sorte d'instinct primitif ou de conscience héritée. Elle voit en chacun de nous aussi clairement que si on portait notre âme sur nous, bien en apparence, comme une robe ou un manteau.

Tout au long du repas, j'ai observé William et une chose me paraît évidente : il n'est pas lui-même. J'ai conscience que cette réflexion est un peu naïve, voire idiote. Je ne le connais que depuis quarante-huit heures, je ne sais presque rien de sa vie et j'imagine qu'il m'a montré la version réelle et juste de lui. Contre toute logique, je le crois dur comme fer. Quelque chose dans ses yeux, encore. Il m'a semblé que c'était vrai. En revanche, l'expression qu'il a affichée durant tout le repas m'a semblé fausse. J'étais assise en face de lui. J'ai vu son regard s'éteindre et devenir froid comme la pierre. De temps à autre, il m'a jeté quelques coups d'œil discrets, se reprenant bien vite : je suis censée être la petite copine de son frère ! Quitte à mentir, autant le faire correctement, puisque nous avons tous convenu que c'était un mal pour un bien.

Je me suis faite aussi petite que j'ai pu. Je ne voulais pas donner prise à un nouvel interrogatoire de Lena qui aurait fini par m'agacer suffisamment pour que je craque et en dise trop. Je ne peux m'empêcher de penser que cette femme a dû vivre quelque chose de tragique pour être à ce point portée sur le venin. On n'est pas autant accro à l'acidité quand on a son physique, sa position sociale et sa famille. Il y a forcément une déchirure dans cette jolie soie.

Alors que je me sers un thé, la grand-mère de William, Lizzie, me fait signe. Elle s'est assise sur le canapé et m'encourage à la rejoindre. William, Thomas et ma sœur sont dans la cuisine et finissent de tout ranger avant le réveillon de ce soir. Lena a disparu des écrans radars, peut-être se refait-elle une beauté dans la salle de bains, ou peut-être a-t-elle réintégré sa dimension démoniaque, toujours est-il qu'elle n'est pas là. Kathy est au téléphone dans le couloir depuis vingt minutes, alors que le père a rejoint son journal et sa place sur son fauteuil, devant la fenêtre. Je décide d'obtempérer, parce que je sens comme une connexion entre elle et moi. A moins que ce soit la nostalgie de la figure de la grand-mère, car j'ai perdu les miennes il y a quelques années déjà.

— Venez, venez près de moi, m'encourage-t-elle avec un sourire jovial, j'espère que vous ne passez pas un horrible moment en notre compagnie.

— Rassurez-vous, j'ai de l'endurance. Je suis juste un peu dépitée de vous avoir rencontrée dans ces circonstances. J'ai l'impression de gâcher sans le vouloir un moment en famille.

— Vous ? Gâcher un moment en famille ? Allons, ma jolie, cette famille n'a besoin de personne pour gâcher ses moments, croyez-moi ! Au contraire, votre présence, ainsi que celle de votre sœur, empêche que ça tourne au règlement de comptes. Vous êtes une bouffée d'air frais.

Je souris. Elle a l'air sincère.

— Tant mieux alors. Je ne remercierai jamais assez Thomas et William de nous avoir invitées ici. L'hôtel de l'aéroport était bien moins accueillant.

— Encore heureux ! Quelle sorte de petit ami Thomas serait pour vous laisser attendre dans un hall froid et impersonnel.

— Certes... quelle horrible personne il serait, en effet.

Ben oui, parce que Thomas est mon petit ami, en voilà une idée qui m'avait échappé !

— La vie est très étrange, avoue-t-elle brusquement.

Non, sans blague ?

— Comment ça ?

— Eh bien, si je vous avais rencontrée dans la rue et que je m'étais demandé avec quel genre d'homme vous pourriez être, j'aurais juré que votre genre, c'était plutôt William.

— Ah ?

Perspicace, la petite fraise.

— Enfin, pas exactement William, mais quelqu'un comme lui.

— Je ne suis pas sûre de comprendre.

— William est veuf, je ne sais pas si vous le savez ?

— Si, Thomas m'en a parlé.

— Il aimait passionnément sa femme et quand elle est morte, j'ai bien cru que nous allions le perdre aussi. Je ne crois pas qu'il s'en remette jamais. Dans ces conditions, il y a peu de chances qu'il puisse laisser sa place à une nouvelle histoire d'amour.

Mes mâchoires se crispent d'elles-mêmes. Je me raidis. C'est plus fort que moi, j'ai envie de crier qu'on peut se remettre d'un deuil, que c'est possible de retrouver le chemin du bonheur, qu'on peut vivre avec la douleur comme avec une vieille amie et qu'elle ne nous empêche pas de voir à nouveau le monde avec des yeux emplis de joie et de rêves. Je ne sais pas si je veux plaider pour ma propre souffrance ou pour la relation que j'ai, ou plutôt que j'aurais éventuellement envie d'avoir, avec William. L'un ou l'autre, peu importe : je bouillonne intérieurement. Alors, voilà ce qu'on peut espérer de mieux pour ses proches ? Un enfermement perpétuel ? L'hiver immuable des sentiments ? En plus, on devrait accepter ce renoncement à la vie comme s'il était inévitable ? Non, sûrement pas !

— La vie est longue, il me semble, dis-je en contenant mes émotions, et on se voit plusieurs fois. Ma grand-mère avait l'habitude de dire ça : on se voit plusieurs fois dans une vie. Qui peut dire de quoi demain et après-demain seront faits, n'est-ce pas ? On ne peut que souhaiter à nos proches de retrouver le chemin du bonheur.

Lizzie me fixe d'un air étrange, mais je sens que j'éveille en elle un intérêt particulier. Peut-être me teste-t-elle aussi, à sa manière ?

— Oh ! je suis bien d'accord. Vous savez, je ne devrais pas vous le dire, mais j'ai toujours eu une petite préférence pour William. Sans doute parce que c'est celui de mes petits-fils qui me ressemble le plus. Lui et moi avons toujours été un peu rebelles. On a du mal à rentrer dans un moule.

— C'est-à-dire ?

— Dans ma jeunesse, j'étais une artiste. Je chantais dans des clubs et j'étais modèle nu pour des peintres.

J'avale de travers et je maudis mon imagination, particulièrement visuelle. Trop visuelle, *bien trop*. Elle remarque ma réaction et fait entendre un petit rire qui ressemble à celui d'une midinette.

— Oui, oui, ma chère, j'ai été une très jolie jeune fille, avec une idée de la vertu très approximative.

Cette fois c'est moi qui éclate de rire. J'aime son sens de la formule.

— Et puis, un jour, j'ai eu envie d'avoir des enfants, poursuit-elle, alors j'ai trouvé un gentil garçon qui m'acceptait telle que j'étais et, surtout, qui a eu la bonne éducation de ne pas poser trop de questions.

— Combien d'enfants avez-vous ?

— Trois. Lena, Kathy et Edward qui s'est installé aux Etats-Unis. Etrangement, c'est William que je considère comme mon véritable héritier et celui en qui je me reconnais le plus.

— Il a aussi posé nu pour des artistes ?

Merci, mon imagination.

— J'adorerais qu'il l'ait fait ! Il s'est contenté de refuser de reprendre l'affaire familiale et de choisir une carrière dans l'art. Pire, il y a entraîné son frère. C'était bien assez pour faire de lui le trublion de la famille.

— Je comprends mieux les tensions que je ressens.

— Lena provoquerait de la tension chez un mort. C'est dans sa nature.

— A-t-elle toujours été comme ça ?

J'essaie d'être subtile, mais je ne suis pas certaine que le résultat soit à la hauteur de mes vœux. Heureusement pour moi, Lizzie semble être encline à se confier. Elle ne se formalise donc pas de la façon dont je pose ouvertement des questions très intimes.

— Elle a vécu un drame, répond Lizzie, l'air pensif. La pauvre a perdu un enfant en bas âge. Je crois que c'est à partir de là qu'elle a développé son sens aigu de la fête.

J'entrouvre la bouche de surprise. Je ne sais pas ce qui me sidère le plus : le fait d'apprendre une nouvelle si triste, ou que cette femme me l'annonce de façon aussi désincarnée, voire anodine.

— Oh ! je suis vraiment désolée. Ce… je n'imagine pas quelle épreuve ce doit être de perdre un enfant.

J'ignore pourquoi, mais cette révélation me touche plus qu'elle ne devrait. Je n'ai jamais trop réfléchi à l'enfantement et au fait de devenir mère. Je pense que la nature est bien faite. Comme je n'ai jamais rencontré d'homme que j'aurais pu envisager comme un géniteur crédible, mon horloge biologique n'a jamais sonné. Il faut dire que mes critères sont sans doute inconsciemment élevés, mon père a toujours été génial dans son rôle.

Lizzie attire soudain mon attention sur ma sœur qui me fait des signes dans le couloir.

— Excusez-moi, dis-je poliment en me levant.

Je quitte cette étrange créature, habitée d'un sentiment mitigé. J'ignore pourquoi elle m'a raconté des choses aussi intimes. Dispose-t-elle d'une nature confiante et bavarde ou cherche-t-elle autre chose ? Je décide de laisser de côté ces interrogations dont la réponse ne me serait guère utile pour l'instant, puis je rejoins Mélie.

— Si on appelait maman ? propose-t-elle.

— Excellente idée.

Nous nous dirigeons vers la chambre d'amis et, après avoir fermé la porte, nous nous asseyons sur le lit et appelons notre mère. Je suis étonnée de la trouver d'assez bonne humeur. Mélie avait raison, maman semble un peu moins affectée par notre absence. Ça me rassure et, en même temps, me perturbe. Je ne devrais pas trouver bizarre que ma mère ne soit pas en larmes. Et pourtant, elle est trop calme, trop mesurée. Pas assez hystérique ni assez en colère. Bref, ma mère sans un superlatif, ce n'est pas ma mère. Je garde pour moi mes doutes et je fais comme si tout était normal. Elle nous interroge sur l'endroit où on se trouve et ce qu'on fait. Bien entendu, on n'entre pas dans les détails, parce que je suis convaincue que les murs ont des oreilles. On reste donc très évasives, mais on donne assez d'éléments pour satisfaire sa curiosité. Elle nous dit qu'elle a décidé de se faire un petit repas festif, ce soir, et qu'elle se couchera tôt. Elle promet que ça va et qu'elle n'est plus une enfant. Elle nous assure que nous fêterons Noël quand nous serons là, peu importe quand, l'essentiel étant que nous allions bien et que nous ne commettions pas d'imprudence. Nous faisons durer la conversation parce que nous nous sentons toujours coupables, malgré le fait que nous ne soyons pour rien dans le déroulé des événements. La neige est hors de contrôle. Elle l'a toujours été. La météo nous ment constamment.

Nous raccrochons presque une demi-heure plus tard et, l'espace de quelques secondes, le silence qui s'installe entre Mélie et moi en dit long sur nos impressions.

Je me lance :

— Tu penses à ce que je pense ?

— Totalement ! répond Mélie. Cette créature aurait dû comprendre que le statut de femme trompée est un statut qu'elle a inconsciemment souhaité.

— Hein ? Quoi ? Mais non, pas ça !

— Ah, tu veux parler des salières ? Moi aussi, je trouve étrange d'en avoir autant et de les remplir pour attendre que le sel s'agglomère en paquets.

— Mélie ? Mélie… Suis-moi, je t'en prie, je pensais à la réaction de maman.

— Je ne vois pas bien…

— Tu ne trouves pas qu'elle réagit un peu trop… calmement ?

— C'est normal.

— Ah bon ?

— Oui, le mois dernier, le médecin lui a prescrit des tranquillisants. Je pense qu'elle en a pris.

J'ouvre grand les yeux.

— Des tranquillisants ? Je l'ignorais. Pourquoi ne suis-je pas au courant ?

— Pour ça.

— « Pour ça » quoi ?

— Ta réaction. Maman se doutait que tu allais monter sur tes grands chevaux et imaginer le pire.

— Pas du tout ! Enfin, des calmants, ce n'est pas anodin. Tu sais qu'on peut devenir dépendant de ces machins ? Sans compter qu'une camisole chimique ne règle pas le problème. Elle ne fait que masquer le mal-être, l'étouffer, mais pas le *régler.*

— Tu vois, tu galopes.

Je me mets à grogner.

— Non... je...

— Ce sont des substances légères, prescrites pour une durée limitée. Maman sait parfaitement qu'elle ne doit pas en prendre trop souvent. Il se trouve néanmoins que ça l'aide.

J'émets un profond soupir. Je n'aime pas passer pour la donneuse de leçons. Mélie s'y connaît bien mieux que moi dans ce domaine, et si elle affirme que ce n'est pas dangereux, qui suis-je pour dire le contraire ?

J'essaie de me détendre et je change de sujet.

— Comment ça s'est passé dans la cuisine ?

— Bien, on a tout rangé et préparé des petites choses pour ce soir. Il a un grand lave-vaisselle pour une si petite cuisine, on ne dirait pas.

— Non, je voulais dire avec Thomas et William...

Je ne sais pas trop comment finir ma phrase, parce que en fait j'ignore ce que je veux savoir.

— Ils ont parlé de toi.

Je tique.

— Ah oui ? Comment ça ?

— Thomas est allé fumer dehors et quand il est rentré, William et lui ont un peu parlé dans le vestibule.

— Et tu as joué les espions ?

— Ils ont des voix graves. Les voix graves traversent les murs.

— Bien sûr.

— Qu'est-ce qu'il y a, au juste, entre William et toi ?

— Qu'est-ce que tu veux dire ?

— Qu'est-ce qu'il y a, au juste, entre William et toi ? répète ma sœur sur un ton identique au précédent.

— Eh bien… je… en fait…

— Scarlett, tu devrais essayer d'ouvrir la bouche, bouger la langue et les lèvres et hop, te lancer. Parler est une capacité que l'être humain maîtrise depuis un petit moment.

— Je suis morte de rire.

Après m'être levée, je me mets à marcher dans la pièce. Tout se bouscule dans ma tête. Ce n'est pas que je n'ai rien à dire, c'est plutôt qu'il y a trop de choses qui ne demandent qu'à sortir, et je n'arrive pas à les classer. Je raisonne de plus en plus vite. Le pour, le contre, le visible, l'invisible, l'assumé, le secret.

Je me penche vers elle et chuchote :

— Je ne sais pas.

Court. Concis.

— C'est un bon début, tu admets qu'il y a *éventuellement* quelque chose.

— Je ne vais pas nier qu'il me plaît. Physiquement, je veux dire. Mais c'est… Enfin, Mélie, je pense que si je suis attirée par lui, c'est surtout parce que nous sommes dans un contexte particulier. On vit une sorte de petite aventure et il est un peu la cerise sur le gâteau. L'Anglais séduisant qui me fait rire et m'intrigue, qui habite dans un magnifique appartement… Tu le vois venir, le cliché romantique ? Mais ce n'est qu'un cliché. Demain, quand nous rentrerons en France, tout ça retombera, parce qu'on ne construit rien de réel avec un cliché.

Mélie garde le silence, comme si elle prenait le temps d'analyser tout ce que je viens de lui dire.

— Moi, je pense qu'il y a quelque chose d'autre, finit-elle par trancher.

Le ton sur lequel elle le dit me trouble étrangement, parce qu'elle n'a pas l'air de trouver l'idée bonne.

— Qu'est-ce qu'ils se sont dit, Mélie ?

— Thomas s'inquiète beaucoup pour William. J'ai cru comprendre qu'il a passé un long moment dans une profonde dépression, probablement après la mort de sa femme. Son frère l'a mis en garde contre…

— Contre ?

— Toi.

— Moi ?

Elle est bonne, celle-là !

— Je fais bien de lui rendre service. A un moment, j'ai cru qu'il m'en serait reconnaissant.

— Ne te méprends pas, je pense que tu plais beaucoup à Thomas, enfin en tant qu'être humain, pas en tant que vagin. Il pense que tu es le genre de femme qui appelle des sentiments profonds et c'est pour ça qu'il met en garde son frère. Il craint que William ne soit pas encore assez détaché de son drame personnel pour être objectif en ce qui concerne ce qu'il ressent pour toi, et qu'il fasse n'importe quoi.

Je dois ressembler à une carpe.

— Je ne comprends rien de ce que tu dis !

— Thomas pense que tu es super, mais que William va faire n'importe quoi et que vous allez souffrir tous les deux. Je crois qu'il n'a pas tort. Je perçois chez William quelques signes qui ne trompent pas. Votre rencontre a quelque chose de magique. Je sais que tu ne crois pas à ça mais, moi, je vois les connexions entre vous. Elles sont lumineuses et puissantes. Cependant, il y a un risque que ce ne soit pas le bon moment, ni le bon contexte pour vous.

Je me laisse choir sur le lit. C'est la première fois que Mélie tient ce genre de discours avec moi. D'ordinaire, elle est toujours en train de me pousser vers l'*autre*, vers l'homme. Elle me dit de tenter, de jouer, de tester et de ne pas en faire un drame si ça ne fonctionne pas. Elle me reproche toujours ma retenue, me répète que le risque est inhérent à l'amour, qu'il est porté par le lâcher-prise et l'élan irréfléchi et spontané. Aussi, cette espèce de mise en garde me fait froid dans le dos.

Et pourquoi on parle de ça, d'abord ?

Après tout, ce n'est pas une affaire d'Etat ! Je me contente de flirter avec un inconnu rencontré dans un aéroport, ce n'est pas non plus l'histoire de Roméo et Juliette. Je n'ai qu'à oublier tout ça, rentrer chez nous demain et passer à autre chose.

— Mélie, arrête un peu avec le ton dramatique. Je sais bien qu'on est à Londres, mais ce n'est pas la peine de nous inventer un drame shakespearien. Je n'ai pas l'intention de donner suite. Je flirte, c'est tout. Je me fiche de la dépression de William ou de son deuil ou de je-ne-sais-quoi. Rassurée ?

— Non.

Des fois, elle me fatigue.

Je m'apprête à plaider ma cause quand Thomas frappe à la porte et s'annonce. Nous lui disons d'entrer.

— Désolé de vous déranger, lance-t-il en me fixant, mon père m'a dit que vous aviez discuté un moment avec Lizzie ?

Ainsi, cet homme parle ?

— Heu, oui, pourquoi ?

— Est-ce que, par hasard, quand vous l'avez quittée, elle vous a dit où elle allait ?

— Non. J'ignorais même qu'elle devait aller quelque part. Pourquoi me demandez-vous ça ?

— Eh bien, en fait, elle a disparu.

— Quoi ?

William apparaît juste derrière son frère et enchaîne :

— Alors ?

— Elles ignorent où elle a pu partir, répond Thomas.

— C'est pas vrai ! grommelle William. Mais où est-elle passée ?

Je me décide à poser la question :

— Vous pensez qu'elle est sortie ?

— On ne la trouve nulle part, m'indique William que je sens tendu. L'appartement est grand, mais pas assez pour la perdre à l'intérieur.

— Grand-mère est un peu… Elle est… Comment dire ? hésite Thomas.

— Le mot que tu cherches, c'est « barrée », tranche William en soupirant. Lizzie a une hanche en papier mâché et dehors, les trottoirs sont très glissants. Bon, assez bavardé, je sors la chercher.

Je me lève rapidement et le retiens.

— Attendez, n'a-t-elle pas évoqué le fait qu'il n'y avait pas assez d'alcool pour ce soir ?

— Sûrement, c'est une vraie pochtronne, répond Thomas.

— Nous n'avons pas servi de vin à midi. Elle pense peut-être qu'il n'y en a pas du tout et qu'il en faut absolument pour le réveillon.

Ma théorie me paraît plausible. Si j'avais sa famille, je serais aussi partie en acheter.

— Et elle sera sortie pour en trouver, achève William. Ça lui ressemble assez. Il y a au moins trois magasins à proximité, où on peut en trouver.

— Alors, allons-y, dis-je en attrapant mon écharpe, n'étant pas disposée à rester en tête à tête avec le reste du clan.

— Bonne idée ! Seulement, j'ai une petite requête :

je préférerais éviter qu'on fasse des groupes de un, précise Thomas.

— Tout va bien, je suis là, répond Mélie en lui tapotant le bras.

Chapitre 11

Nous décidons donc de faire des groupes de deux. Mélie et Thomas d'un côté de la rue, William et moi de l'autre. Le hasard, c'est bien fait.

William crochète immédiatement mon bras, comme le matin même, et j'apprécie que ce geste résonne en moi comme un acte familier. Nous arpentons la grande rue, qui semble figée dans le temps depuis notre dernière expédition, à ceci près que le ciel s'est dégagé. Il est d'un bleu si régulier qu'on le croirait artificiel. La neige scintille sous la lumière et peint le décor comme le meilleur aquarelliste. Je sais que le moment n'est pas propice au romantisme et que la grand-mère de William est peut-être dangereusement « barrée », mais j'aime me retrouver en tête à tête avec lui, contre lui.

Nous atteignons le premier magasin et nous demandons au caissier s'il n'a pas vu une dame âgée qui ressemble à une fraise. Enfin, William choisit de la décrire plus objectivement, mais à mon sens, c'est ce qui la qualifie le mieux. Pas de trace de Lizzie et l'homme qui nous renseigne est formel : à cause des intempéries, il n'a pas vu grand monde depuis l'ouverture.

En ressortant, William tourne sur la gauche. Je ne peux m'empêcher de repenser à la discussion que j'ai eue avec ma sœur dans la chambre. Une part de moi essaie de déceler dans son attitude les fameux signes dont elle a parlé et une autre se convainc que ça ne la regarde pas, et qu'après tout, je n'ai qu'à savourer le moment pour ce qu'il est : juste un moment.

Deuxième boutique, deuxième échec et aucune trace d'une quelconque vieille dame dans l'étendue de la rue baignée de lumière blanche. Je sens la tension grandir en William.

— Je suis sûre qu'elle n'a pas pu aller très loin.

Surtout avec une hanche qui fout le camp.

— D'habitude, je garde toujours un œil sur elle, avoue-t-il sur un ton coupable.

J'hésite et puis j'enchaîne, sans trop réfléchir :

— Quand nous avons parlé, toutes les deux, elle m'a confié qu'elle avait une petite préférence pour vous parce que, d'après elle, vous vous ressemblez beaucoup.

— Elle vous a raconté qu'elle posait nue pour des peintres ?

— Oui. Tout comme vous.

— Ah oui ?

— Non, je plaisante, mais elle m'a dit qu'elle aurait adoré que vous le fassiez.

— Vous me rassurez, car je ne lui ai jamais parlé de cette partie de ma vie.

Je le dévisage et observe son expression mi-amusée mi-sérieuse, qui me fait systématiquement douter de la véracité de ses propos. Au moins ai-je réussi à le distraire un instant. J'entends soudain son téléphone vibrer, ainsi que le mien. Nous pressentons qu'il s'agit de l'autre équipe et prenons connaissance du message qui s'affiche :

Colis perdu retrouvé. Elle va bien, la truffe est humide et le poil brillant. Rdv en enfer pour préparer le réveillon.

— Maintenant, il ne reste plus qu'à lui mettre un collier à grelots et la soirée sera enfin parfaite, déclare William.

Je lui souris et n'ajoute rien de plus. Je suis heureuse que cette escapade n'ait pas tourné au drame, et heureuse d'être là, sous ce joli ciel tranquille qui ne durera sans doute qu'un bref instant, mais qui donne à la scène des allures de happy end de films en noir et blanc. Il paraît intrigué par mon expression, car il détaille mon visage avec concentration. Je me perds dans ses yeux sans fond. Ce que je ressens quand je fixe leur couleur sans nuance m'apparaît si naïf ; je suis autant fascinée que curieuse et cela me donne l'impression de découvrir une chose pour la première fois. Jusque-là, je croyais que seuls les yeux clairs étaient dignes d'une description lyrique. C'était avant d'en voir de si noirs.

— Et si on s'octroyait un petit répit avant de retourner à la table du diable ? propose-t-il tout à coup.

J'essaie de prendre sur moi pour ne pas me mettre

à faire la danse de la victoire, surtout que, vu l'état du sol, je pourrais facilement m'étaler et l'effet serait contre-productif. Je choisis de répondre un magnifique et un brin théâtral :

— Excellente suggestion de sédition !

Il décide du chemin que nous empruntons. Je mets quelques minutes avant de comprendre que nous nous dirigeons vers Holland Park. Nous atteignons assez vite le jardin japonais. Holland Park est un lieu très coloré, l'été. La belle *Holland House*, un bâtiment disposant d'une galerie de style roman, repose dans cet écrin de verdure savamment organisé. Au bout d'un sentier, les promeneurs tombent sur une pièce d'eau bordée d'une fontaine et de bosquets arrondis et disciplinés. Un chemin couvert de galets réguliers, ombré d'arbres trapus et bedonnants, permet de traverser le bassin et donne à l'ensemble la quiétude qui sied à un paysage sorti tout droit du pays du Soleil-Levant. Cependant, dès que l'hiver arrive, l'environnement change de visage. Chaque élément est couvert d'une épaisse couche de neige en équilibre sur les branches pointues et décharnées des végétaux et sur chaque petite pierre régulière délimitant la promenade. L'eau est sombre et on ne voit plus l'herbe étouffée par le manteau blanc glacé. Le calme des lieux, si reposant les mois chauds, devient perturbant quand tout gèle. L'endroit se fige alors, comme si tout avait été plongé dans une sorte de coma. Au loin, on entend néanmoins quelques rires d'enfants qui jouent à se lancer des boules de neige ou à faire des sculptures éphémères avec la quantité de flocons qui est tombée, ces jours-ci. Les couleurs vives de leurs blousons molletonnés doivent sans doute les faire ressembler à des taches d'encre sur une toile blanche.

— J'adore ce parc, confesse William avec une pointe de nostalgie dans la voix. Quand j'étais petit, j'y jouais déjà.

— Vous avez toujours vécu dans ce quartier ? Votre mère m'a dit qu'elle vivait à Primrose Hill.

— L'appartement que j'occupe appartient à mon oncle qui se trouve aux Etats-Unis. Jusqu'à mes douze ans, j'étais presque toujours chez eux.

Il s'arrête au bord de l'eau et son regard se perd dans le fond. Je m'éloigne un peu et tourne sur moi-même. Je remarque que les nuages commencent à revenir et que la lumière décline. Les jours meurent si vite en cette période de l'année ! Je m'approche des arbres. La seule matière que j'aime autant que l'acier est le bois. Je tends les doigts vers l'une des extrémités des branches ; elle scintille des restes d'humidité.

— Et vous, Scarlett, quel est votre endroit préféré ?

— Eh bien, pour être tout à fait honnête, je ne suis pas fan de la nature. Elle et moi ne sommes pas très amies. Je crains d'être une irréductible citadine. J'aime les paysages de ville ; les buildings vertigineux me rassurent et me donnent un sentiment de chaleur. C'est cet amour qui m'a poussée vers mon métier. Cependant, histoire de ne pas passer pour une adoratrice de l'acier et du péril moderne, il y a un endroit, vers chez moi, que je trouve vraiment magique. La pointe du Grouin, près de Saint-Malo.

— La pointe du Grouin ? Ça veut bien dire ce que je crois que ça veut dire ?

— Ne me déconcentrez pas avec la sémantique !

— Toutes mes excuses.

— Donc, cette pointe du Grouin, qui n'est qu'une extrémité de la côte un peu escarpée, battue par des vents constants et une mer froide, a une particularité. Il y a un endroit précis où, selon le temps qu'il fait, on peut apercevoir à l'horizon le Mont-Saint-Michel. Mais le ciel et la lumière sont si changeants qu'une seconde le soleil éclaire le Mont et, celle d'après, un simple nuage le fait disparaître. Et ça, c'est vraiment magique.

Je sens le regard de William s'intensifier et peser sur moi. C'est comme s'il agitait la corde qui s'est nouée entre nous.

— J'aimerais beaucoup voir ce prodige, déclare-t-il, la voix un peu rauque.

Quelque chose alors se produit en moi, une petite lumière semble s'allumer quelque part derrière mes poumons. Il parle d'un événement futur commun. Je sais que ça ne veut rien dire, mais pour moi, ça résonne en promesse. Je me retourne complètement pour le rejoindre, quand mon énorme écharpe, laquelle fait quatre tours autour de mon cou, accroche une branche. Comme geste élégant, on repassera ! Cependant, j'essaie quand même de me sortir discrètement de ce piège.

— Eh bien… je suis certaine que vous aimeriez énormément…

Je sens le bois se mélanger à la laine et à mes cheveux, et malgré mes efforts, je fais plus de nœuds que je ne me libère de cette emprise.

Je décide de meubler :

— En plus, la Bretagne, ce n'est pas très loin de Paris et facilement…

— Est-ce le moment de vous proposer de l'aide ou ce serait jugé prématuré, voire paternaliste ?

— Prématuré et peut-être un peu paternaliste.

— J'hésitais.

— Et comme je disais…

D'un seul coup, je pousse un cri strident lamentable, quelque chose entre le couinement d'une souris coursée par un chat et le grincement d'une porte. De la neige, à vue de nez une quantité phénoménale, vient de me dégringoler dessus et cette sournoise s'infiltre entre mon écharpe et ma nuque. Ce sont des milliers de petites aiguilles qui piquent soudain ma peau et je sens un horrible pincement au cœur.

Putain, que c'est froid !

Je me secoue dans tous les sens, mais plus j'enlève ces maudits flocons, plus ils s'infiltrent. William arrive à ma hauteur et, avec un calme énervant, époussette ce qui est tombé sur moi. Je dois ressembler à un chat mouillé. Un chat à poil long mouillé. Quand je pense au prix que m'a coûté mon brushing !

— Pas trop prématuré ? se moque-t-il.

— La nature me déteste. Je vous l'avais dit.

— Ou elle vous aime trop.

Je le regarde et souris. Je suis certaine que c'est un sourire un peu niais. Son visage est assez près du mien. Quelques-uns de ses doigts se perdent contre ma peau. J'ignore si c'est dû au hasard ou s'il le fait sciemment. Il continue de retirer l'excédent de neige qui s'est glissé contre ma gorge. J'ai froid et en même temps chaud. Il entrouvre mon manteau et continue de me débarrasser des flocons. Je pourrais l'aider, mais je n'en fais rien. Je fixe mon regard au sien et je le laisse écarter lentement les couches superposées de mes vêtements. Ma passivité est jouissive. Au fur et à mesure qu'il ouvre le tissu, la neige dégringole. Je frissonne autant de froid que de l'excitation de ce questionnement : jusqu'où la galanterie et la fronde de cet homme peuvent-elles aller ? Ses doigts continuent de m'effleurer ; c'est léger, assez pour que je puisse imaginer une erreur de parcours.

Je le provoque.

— Consciencieux.

— Infiniment.

Il finit par refermer mon écharpe sur mon cou, reboutonner mon manteau et, avant de se détacher de moi, l'une de ses mains traîne et effleure l'extrémité de mon sein tendu. Son visage reste impassible et ça m'amuse de me demander s'il l'a fait exprès et scrute ma réaction, ou s'il s'est égaré et espère que je ne l'aurais pas remarqué. Mais tout mon corps l'a remarqué et répond à ce débordement avec enthousiasme.

— Parfait, assure-t-il.

— Je n'en doute pas.

Je penche la tête sur le côté et bats des cils. Cette fameuse expression féline, toutes les femmes la possèdent. On plisse les yeux en amande, nos lèvres s'étirent sensuellement et nos cils ombrent un regard de velours. Cette technique est inscrite dans notre ADN. Je m'avance vers lui et je colle ma joue contre son torse. Il dérape ? Moi aussi. Ses bras ne tardent pas à m'entourer pour me serrer fort. Ses mains décrivent un léger va-et-vient dans mon dos, c'est sensuel et tendre. Ni lui ni moi ne prononçons plus un mot. Je crois que je pourrais fermer les yeux et ne les rouvrir qu'une fois la nuit tombée. Ses lèvres se posent sur le sommet de mon crâne ; je suis enveloppée par lui. J'ignore combien de temps nous restons ainsi. Ça me paraît à la fois long et terriblement court.

Soudain, une double vibration fait trembler nos manteaux respectifs. C'est suffisant pour rompre la douceur de l'instant. Nous nous écartons l'un de l'autre et jetons un coup d'œil à nos portables, bien que nous sachions, lui comme moi, qui nous rappelle à l'ordre.

Je vous informe que vous n'êtes toujours pas autorisés à quitter le pays.

— Les apôtres nous attendent pour célébrer la messe, soupire William.

— Rentrons, alors. Mais comme il y a beaucoup de neige, je propose d'y aller prudemment et doucement.

— Oui, d'autant que je sens bien que la neige n'est pas votre habitat naturel.

— Mon peuple vit au bord de la mer. Quand il neige, il pense que c'est l'heure du Jugement dernier.

Nous revenons sur nos pas, bras dessus bras dessous. La lumière a fortement décliné et un feu rougeoyant embrase les effilures nuageuses pour signifier la fin du jour. C'est un spectacle magnifique qui ne durera que quelques instants. Je laisse traîner un dernier regard sur le parc que j'abandonne, et je reconnais que l'image est vraiment belle.

— Avez-vous eu des nouvelles de votre mère, récemment ? demande William avec un intérêt que je pense véritable.

— Oui. Elle semble aller bien et attend impatiemment notre retour.

— Votre enthousiasme frise l'indécence.

Touché.

— En fait, je trouve ça étrange.

— Qu'elle s'impatiente ?

— Non, qu'elle réagisse normalement.

— Ah, je vois.

— Je suis sûre que non.

— En effet, mais ma bonne éducation m'oblige à ne pas relever les comportements que je trouve bizarres.

— Merci. En fait, croyez-moi sur parole, ma mère n'a absolument rien de normal. Concernant ses réactions, j'entends. Elle est impulsive, souvent hystérique, très théâtrale. Elle est à elle seule une sorte de cinéma de plein air. Je trouve donc un peu étrange qu'elle ne nous ait pas joué la grande scène à chacun de nos appels. Ma sœur me dit que c'est parce qu'elle a pris un tranquillisant.

— Ah, fait William, l'air plus grave. Vous n'avez pas l'air d'approuver.

— Ce genre de substances me fait peur. J'avais une tante complètement accro à ça et, bien que je ne l'aie pas fréquentée longtemps, j'ai le souvenir d'une femme constamment lasse, endormie et anesthésiée.

— Qu'en dit votre sœur ?

— Que je ne dois pas m'inquiéter, parce que c'est temporaire et qu'elle se sent mieux.

— Il me semble que Mélie a une bonne intuition des comportements humains.

— Je sais. C'est pour ça que je n'ai pas insisté. Je pense que je suis un peu trop protectrice.

— Vous faites au mieux et c'est tout ce qui compte.

— Comment pouvez-vous en être sûr ?

— Parce que, lorsqu'on s'inquiète plus pour les siens que pour soi, on fait de son mieux. Et c'est ce que vous faites.

J'acquiesce, un peu gênée. Il me sourit.

— Je vois qu'on a du mal à accepter les compliments.

— Je vais me faire violence, alors ne vous formalisez pas.

Nous atteignons le bout de la rue qui mène à son appartement. Il me reste peu de temps pour profiter de notre tête-à-tête.

— Votre père me semble être quelqu'un de très discret et de très doux.

J'aurais pu jouer directement la carte de la relation mère-fils, mais cette fois, je tiens à la subtilité.

— Sans doute.

Je reste perplexe. Il doit le sentir parce qu'il précise immédiatement :

— Quand on vit avec ma mère, on se révolte ou on fuit. Le problème avec la fuite, c'est que par définition, elle empêche le lien de se créer. Il est là sans être là.

— De prime abord, ils ont l'air si différents, tous les deux.

— Comme l'eau et le feu. Je pense que mon père l'aime passionnément et qu'il a décidé de sacrifier la personne qu'il était sur l'autel de cet amour.

J'ignore ce qu'il en pense. Méprise-t-il ce qu'il juge comme de la faiblesse, ou a-t-il de la compassion pour la puissance de cet amour ? Je n'aurais pas de réponse maintenant, car nous entrons déjà dans le vestibule. A peine avons-nous retiré nos manteaux que Thomas et Mélie se postent en haut des marches.

— Elle a trouvé de l'alcool, annonce Thomas avec autant de solennité qu'un discours de miss.

— Elle est joyeuse, ajoute Mélie.

— « Joyeuse » *comment* ? répond William en se massant la nuque.

— *Très* joyeuse.

Il regarde sa montre.

— A peine 18 heures… La soirée va être passionnante.

Nous rejoignons le salon et, à ma grande surprise, il y a des décorations de Noël. Lena nous jette un regard plein de suspicion, mais, en bon serpent sournois, ne fait aucune remarque. Par réflexe de survie, je m'éloigne de William et me rapproche de Thomas.

— Je me suis permis d'aller chercher dans la cave quelques décorations pour rendre ton salon un peu plus chaleureux.

Ben oui, tiens, c'est vrai qu'il nous manquait les guirlandes pour rendre cette créature sympathique.

Pour une fois, je cautionne l'humeur de mon mauvais esprit. Comme nous restons un peu plantés au milieu de la pièce, les bras ballants, Kathy se décide à nous proposer quelque chose à boire.

— Je peux vous faire un chocolat ou un thé, si vous voulez. Vous devez être morts de froid.

— Oui, merci, d'autant que je me suis accrochée à une branche et qu'un paquet de neige m'est tombé dessus.

— Une branche, où ça ? interroge Lena.

— Maman, qu'as-tu décidé, pour ce soir ? la coupe William. J'ai vu que tu avais apporté des choses de la maison, j'imagine que tu as une idée.

— Oui, j'avais commandé des amuse-bouches chez Robert, tu sais, notre traiteur. Je pense qu'ils ne tiendront pas jusqu'à demain. Nous pourrions les sortir maintenant.

— Excellente idée ! approuve Thomas. J'adore les amuse-bouches.

Et moi *j'adore* quand un Anglais prononce « amuse-bouches ». C'est déjà snob à la base, mais avec l'accent des quartiers chics de Londres, c'est carrément jouissif.

William, Lena et Kathy disparaissent dans la cuisine. Je décide de filer dans la chambre, histoire de me rendre présentable. Dans le miroir, les dégâts ne sont pas beaux à voir. Alors, je sors les armes que j'utilise en cas de crise : les épingles à cheveux. Je brosse ma tignasse, la lisse et la rassemble en un chignon haut. Je sais que ça fait toujours son effet. J'ai un long cou, et ce genre de coiffure me donne immédiatement des allures de Grace Kelly. Et l'allure, ce sera bien suffisant. Je connais mes atouts et j'ai appris à en user dans un milieu professionnel essentiellement gouverné par les hommes. Je remets un peu de poudre, un peu de blush, et dessine mes lèvres avec un rouge lumineux. Je sors de fines boucles d'oreilles, des dormeuses, puis j'enfile un col roulé noir et un pantalon à pinces de la même couleur. J'ai toujours aimé la mode rétro et mon visage ovale me permet ce type d'excentricité. Je vérifie une dernière fois ma mise devant la glace : impeccable, rien ne dépasse, me voilà lisse comme la surface d'un lavabo. Ce soir, toutes les attaques devraient glisser sur moi.

Une petite retouche de parfum plus tard et je suis en tenue de combat au milieu du salon.

— Oh ! ma chère, le noir vous va à ravir ! lance la grand-mère, les yeux pétillant d'alcool.

— Merci.

Thomas, Mélie, Lena et William ne tardent pas à faire leur retour les uns à la suite des autres, les bras chargés de toutes sortes de plats. Quand William passe devant moi, je ne peux ignorer son regard débordant d'intérêt sur mon visage et ma silhouette.

Avec les guirlandes et les lampes allumées, le salon semble un peu plus chaleureux qu'en pleine journée. Je me surprends à espérer que l'ambiance du réveillon détende un peu l'atmosphère.

Mais l'esprit de Noël, c'est surtout un concept marketing.

Chapitre 12

Lorsque Lena dépose le plat de purée au milieu de la table dressée pour Noël, je réalise à quel point ma mère me manque. Tant qu'il n'y avait pas de guirlandes ni vraiment de références à l'événement, je pouvais choisir de l'oublier. Sauf qu'à présent, chaque serviette décorée, chaque plat présenté me renvoie au fait que, pour la première fois, je fête le réveillon sans ma mère. Et sans mon père.

Je fais bonne figure, je suis chez des étrangers qui ont la gentillesse de partager un moment en famille, mais j'ai le cœur serré. Je regarde Mélie qui se trouve en face de moi, à côté de William, et je me demande si elle pense la même chose. Je ne sais jamais lire dans ses yeux. Mélie a une façon bien à elle de réfléchir, possède son propre système de pensées, et c'est un monde à part. Je peux reconnaître en elle la tristesse, la joie, la peur ou la tendresse, mais je ne suis jamais sûre de savoir pourquoi elle éprouve ces sentiments. Sans compter que certains lui sont totalement étrangers. Je ne l'ai jamais vue en colère, d'aussi loin que je me souvienne. Je suis convaincue qu'elle est au moins aussi triste que moi en ce moment, mais j'ignore si c'est parce que cette fête a pour nous une signification particulière, ou si c'est juste parce qu'elle aimerait être à la maison. Comprend-elle que ce Noël marque un tournant dans notre vie ? Je vois qu'elle me sourit pour me consoler, car, contrairement à moi, elle connaît mon âme aussi parfaitement que si elle avait été la sienne.

Ils ont installé le père de famille en bout de table. En vérité, ça n'a pas grande importance, parce qu'il ne prononce pas un mot et, quelques minutes plus tard, tout le monde l'a déjà oublié. Lena est parfaite en maîtresse de maison au milieu d'un appartement qui n'est pas le sien. Elle brille, virevolte, roucoule plus qu'elle ne parle. Elle vante les mérites de toutes les personnes qui ont participé au repas, à sa toilette, à sa coiffure, à ses bijoux, mais sous couvert de remercier les petites mains qui officient à sa gloire, c'est elle qu'elle met en scène. Le plus remarquable, c'est que, malgré tout, son éclat est si efficace qu'on se surprend à vouloir être aimé d'elle, pour pouvoir toucher ou se nourrir de cette aura rayonnante. Elle me fait penser à ces reines du collège ou du lycée que tous s'accordent à considérer comme de vrais tyrans, des pestes aux grands yeux innocents et aux boucles impeccables, mais dont ils guettent le moindre signe d'intérêt et d'acceptation. Elle a sûrement dû être l'une de ces têtes couronnées.

Elle m'accorde très peu d'importance, et c'est fait de façon si méthodique, que j'en saisis clairement le but. Les conventions sociales, j'entends par là celles partagées par la majeure partie du genre humain, voudraient qu'elle nous intègre au moins un peu à la conversation, ma sœur et moi, puisque, selon notre petite comédie, je suis celle qui s'envoie l'un de ses fils. Une femme si raffinée ne peut ignorer cette convention. Je comprends donc parfaitement le message : je ne t'aime pas, parce que tu es celle qui *s'envoie* l'un de mes fils et aussi parce que ce même fils ingrat ne m'a pas prévenue qu'il *s'envoyait* une fille que je n'ai pas préalablement approuvée.

Kathy n'est pas plus bavarde que moi. Elle se contente d'acquiescer aux dires de sa sœur et je suppose sans peine que c'est ce qu'elle a dû faire toute sa vie. Je peux sentir ses larmes refoulées jusque dans mon assiette. Pour elle aussi, ce réveillon doit avoir une saveur toute particulière.

Finalement, seuls Thomas et Lizzie ont l'air d'humeur festive. Thomas en fait des tonnes, bien que je le soupçonne d'être naturellement dans la surenchère ; quant à Lizzie, elle trouve dans le vin une source inépuisable de joie. Le visage de William est impassible, on dirait la surface d'une pierre lisse. Seul son regard perçant crie quelque chose que je n'arrive pas à comprendre. Il semble imperméable à ce qui se passe autour de lui, comme s'il regardait la scène à la télévision en pensant à sa prochaine sortie. De temps à autre, cependant, il me fixe, et je crois déceler la naissance d'un sourire en biais, un de ces sourires dont on sait qu'ils en disent plus qu'un simple : « Je suis heureux que tu sois là. »

Il y a de la provocation et peut-être un peu de sournoiserie dedans, quelque chose de carnassier même. Je me sens comme une cible et, si je meurs d'envie de savoir ce qui provoque cette expression, une petite voix m'enjoint de me méfier de l'eau qui dort, ou de ne pas mettre la main dans le feu qui brûle, ou toute autre recommandation imagée du même genre.

— Une question me démange… j'ai bien compris que votre sœur était architecte, mais vous, Mélanie, que faites-vous ?

Je sursaute. A force de m'interroger sur ce que William ne dit pas, j'ai totalement décroché de la conversation. A quel moment le sujet a-t-il dévié sur ma sœur, et pourquoi Lizzie s'intéresse-t-elle soudain à ce qu'elle fait ? J'ouvre grand les yeux, à peu près autant que ceux d'un lapin pris dans les phares d'une voiture, et je retiens ma respiration. On aurait dû mettre au point un plan d'évitement de certaines questions, parce que ma sœur n'a aucune notion de filtre social.

— Je travaille dans le domaine du sexe, déclare Mélie sur un ton de répondeur téléphonique.

Le silence s'abat entre les plats et les convives.

Tout va bien, ça aurait pu être pire…

— Pardon ? hoquette Lena, qui rougit de gêne ou de rage, je ne saurais le dire. Votre sœur m'a pourtant dit que vous…

— Oh ! vous êtes une prostituée ? l'interrompt Lizzie avec un vif intérêt.

Ah si. C'est pire…

— Non, je suis sexologue, répond ma sœur à mon immense soulagement.

— N'êtes-vous pas thérapeute ? renchérit Lena, en me gratifiant d'un regard d'institutrice contrariée.

— Si, mais spécialisée dans les questions de sexe.

Il va nous falloir beaucoup de pelles pour enterrer tout ça ! Je dis ça...

— Oh ! j'ignorais que c'était une *spécialité*, réplique la mère de famille, en prononçant le mot « spécialité » avec toute sa condescendance.

— C'est précisément cette croyance qui fait les beaux jours de mon métier, rétorque Mélie, en ignorant sincèrement la taille du missile qu'elle vient d'envoyer sur le camp ennemi.

— Ça doit être un sujet d'étude passionnant, poursuit Lizzie que je sens frétiller, même de là où je me trouve.

— Et sans doute pas très approprié à table, précise Lena.

— Avec toi, ma chérie, rien n'est jamais approprié.

Vive le vent, vive le vent, vive le vent d'hiver...

— Je rapporte de l'eau, annonce William en se levant.

Quelques secondes de silence s'invitent à nouveau à notre table, puis Thomas s'exclame :

— Et si nous passions au plat de résistance ? Ça fait un moment que la volaille est dans le four, je pense qu'il est temps de la libérer.

— Bonne idée ! dis-je dans la foulée.

Au moment où je me lève pour l'accompagner, je lance discrètement à ma sœur :

— Suis-moi !

— Pourquoi ? répond-elle.

— Parce que.

Une fois dans la cuisine, William déclare d'un ton parfaitement désincarné :

— A un moment, j'ai vraiment eu peur qu'on passe une mauvaise soirée.

— Qu'est-ce qui se passe, avec grand-mère ? lance Thomas.

Au moins, *lui* a remarqué qu'il y avait un problème. Quelque part, ça me rassure.

— Elle est toujours un peu excentrique, nous explique-t-il, elle aime provoquer son entourage, mais jamais à ce point. Et elle ne boit pas depuis assez longtemps pour expliquer son attitude.

A peine achève-t-il ces mots, qu'il se met à fixer intensément son frère.

— Quoi ? rétorque William. Tu me poses la question ?

— A moins que Scarlett ou Mélanie ne soient médium, je ne vois pas à qui d'autre m'adresser.

— Cette femme est autant un mystère pour moi que pour toi.

— Oh ! je t'en prie, tu as toujours été son chouchou.

— Et ça devrait me donner son mode d'emploi ?

— Un peu, non ?

— Non.

— Moi, je sais ce qu'elle a, déclare Mélie, en ouvrant le four.

Sérieux, y a pas une prise pour la débrancher ?

— Elle est malheureuse, continue ma sœur sous la pression des regards de ses interlocuteurs.

— Malheureuse ? répète Thomas, incrédule. Elle a une vie de rêve : elle fait ce qu'elle veut de ses journées, elle est outrageusement riche, et de son vivant, son encombrant mari a toujours fait ses quatre volontés. Maintenant qu'elle est veuve et à l'abri du besoin, elle est de loin la plus heureuse des femmes.

Je note que William écoute à peine son frère et qu'il observe Mélie. Je pense qu'il a une grande confiance en l'instinct de ma sœur. Il a raison.

— C'est-à-dire ? demande-t-il.

— Il s'est récemment passé quelque chose dans sa vie. Un événement traumatisant qui l'a profondément blessée. J'ignore ce que c'est, mais ça n'a guère d'importance.

— Pourquoi ? s'étonne Thomas.

— Parce que je suis persuadée qu'avant la fin de la soirée, elle nous le dira. Il faut juste laisser le temps à son inconscient de forcer les portes de sa conscience. Et c'est précisément la raison pour laquelle elle a tellement besoin d'alcool.

Forte. Flippante, mais forte.

— Oh ! mon Dieu ! Planquons les bouteilles ! laisse échapper Thomas, avant de remonter en vitesse au salon.

— Je peux y retourner, maintenant ? me demande ma sœur.

— Je… mais… Bien sûr !

Une fois Mélie repartie, je m'accoude sur le plan de travail et prends une seconde pour réfléchir à ce qu'elle vient de dire.

— Il lui arrive de se tromper ? s'enquiert William.

— Eh bien, attendez, je réfléchis… Non. Mais je ne suis pas toujours avec elle, peut-être qu'elle se trompe quand je ne la vois pas.

Il n'a pas l'air perturbé par ce que je viens de lui dire. Pire, j'aperçois à nouveau ce sourire étrange éclairer son visage.

— Tout ceci n'a pas l'air de vous inquiéter, pourtant, vous avez vraiment eu peur pour elle, cet après-midi.

— En fait, les probabilités pour qu'elle se brise la hanche en étant assise sur son siège sont assez rassurantes, bien que je ne sois pas un grand spécialiste en statistiques.

— Et celles qui concernent l'éventualité d'un drame familial ?

Il s'avance et pose les mains de part et d'autre de moi, pour prendre appui sur le plan de travail. Il me toise de la vingtaine de centimètres qu'il a de plus que moi. Et cette fois, je décrypte parfaitement le message de ce sourire : c'est celui du chasseur. Tous les hommes naissent avec cette expression toute singulière qui fait vibrer leurs pupilles et tend leurs muscles. Et moi, je suis coincée entre son bassin et l'ardoise anthracite du plan de travail. La température monte d'un cran et les battements de mon cœur passent au galop. Des images commencent à se bousculer dans mon cerveau, *des images* assez inconvenantes, qui me permettraient d'effacer cette provocation qui lui étire les lèvres en le poussant sur la table de la cuisine pour lui grimper dessus. *Des images* qui ne me ressemblent guère.

Son visage s'approche plus encore du mien, sa bouche effleure presque ma joue, et tout mon corps se met à frissonner.

J'arrive à murmurer :

— Quelqu'un pourrait nous surprendre.

— Aucun risque, j'ai l'ouïe très fine.

— Je vous trouve bien audacieux, monsieur Hill.

— En vérité, miss Archer, je compte bien vous convaincre de l'être infiniment plus que moi.

Son bassin appuie contre le mien et sa cuisse glisse lentement entre les miennes. Je tends les lèvres vers les siennes, mais il se dérobe, sans toutefois s'écarter trop. Une vague de chaleur m'envahit et je me sens fébrile. Mes doigts se crispent sur l'ardoise et je presse mon corps contre le sien. Ma poitrine s'arrondit et caresse sa chemise, je ferme les yeux et me laisse aller au vertige.

Il se redresse soudain, fait couler dc l'eau dans l'évier pour remplir un pichet et, quelques secondes plus tard, j'entends des pas dans l'escalier. Quand Kathy se présente dans la cuisine, William a repris sa place de l'autre côté de la table, l'air le plus détaché et le plus innocent du monde, tandis que je cache le feu que je sens s'accrocher à mes pommettes en ouvrant le réfrigérateur.

— William ? lance sa tante. As-tu une grande louche ?

— J'en ai une très grande, répond-il en lui indiquant un tiroir.

Quand elle passe devant moi, elle me fixe et s'inquiète :

— Tout va bien ?

Demandez à l'horrible créature qui vous sert de neveu !

— Oui, dis-je en souriant, j'ai juste un peu chaud. Il fait chaud, non ?

— Non, je ne trouve pas, me répond-elle, mais je vais baisser un peu la température dans le salon.

Ayant à cœur de me faire plaisir, elle ressort de la cuisine, la louche à la main, pour rejoindre les autres. William lui emboîte le pas, mais se paie le luxe de me lancer un :

— Ça, n'y comptez pas trop.

Je reste quelques secondes seule dans la cuisine avant d'attraper une canette de soda dans le frigo et me la coller sur une joue, puis l'autre.

La sournoiserie britannique !

Je rejoins les convives dans la salle à manger. Cette fois, je prends garde de bien observer Lizzie. J'ignore si je suis influencée par ce que m'a dit ma sœur, mais j'ai moi aussi l'impression que quelque chose cloche derrière son apparente euphorie. Un autre détail attire immédiatement mon attention, c'est l'attitude de Lena. Je trouve qu'elle rayonne un peu moins. Je pense qu'elle aussi pressent qu'il y a peut-être un problème avec la grand-mère et en parfaite représentante de la bonne société, elle doit être affolée à l'idée que le linge sale de sa famille se retrouve lavé en public. Thomas essaie de meubler la conversation et d'occuper l'esprit de Lizzie. Lena ne tarde pas à comprendre la manœuvre et se met à faire équipe avec son fils. Les sujets les plus banals se succèdent les uns aux autres. Hélas, ça ne dure guère longtemps.

— Je suis curieuse, Mélanie... Quel est le cas le plus insolite que vous ayez eu à traiter ?

Et c'est reparti...

— Maman, je t'en prie, murmure Lena, mais pas assez bas pour que je ne l'entende pas.

— Ça dépend. Quel domaine considérez-vous comme le plus insolite : la nécrophilie, la zoophilie ou le syndrome d'hypersexualité SM ? répond ma sœur avec un immense sérieux, bien que je la soupçonne d'user d'un puissant sarcasme.

Je ne peux m'empêcher de sourire et je constate, non sans un certain étonnement, la même réaction chez William. La stratégie de ma sœur fonctionne, car même Lizzie et son alcool sont décontenancés par sa réponse.

Après un instant de flottement, celle-ci enchaîne cependant :

— Vous savez, je ne suis pas vraiment choquée par tout ça. Quand j'étais jeune, je vivais une époque un peu chaotique et je n'avais pas froid aux yeux.

— Quelqu'un veut une cuisse ? demande brusquement Thomas en se levant.

Tous les regards se tournent vers lui.

— ... de dinde. Je la découpe. Il y a de la farce aussi, mais j'avoue que je ne sais pas trop ce qu'elle va donner. Il me semble qu'on l'a assaisonnée avec de l'alcool, n'est-ce pas, William ?

Ce dernier lui sert un sourire radieux.

— Je n'en ai pas la moindre idée.

— Eh bien, peut-être aurais-tu dû le demander au traiteur ?

Le dépeçage de la volaille réussit le tour de force d'occuper tous les esprits, ou, pour être plus exact, c'est le monologue culinaire de Thomas qui réussit cet exploit. L'atmosphère se détend. Je jette un coup d'œil en bout de table. Le père de famille ne me semble pas avoir bougé d'un poil ; on dirait un fond d'écran. Je finis par avoir pitié de Thomas, alors je parle des projets architecturaux de Londres que j'ai pu découvrir à l'occasion de mes visites.

Contre toute attente, je trouve en Lena une nouvelle alliée. Si quelqu'un surprenait la conversation, il pourrait nous croire les meilleures amies du monde. Je me dis que le plus dur est derrière nous et, grâce à l'hypocrisie et la politesse sociale, j'arrive presque à passer un bon moment.

Nos efforts nous amènent jusqu'au dessert. Je me lève pour aider à débarrasser et je remarque que Lizzie est de plus en plus rouge. Combien de verres a-t-elle pu boire ? Je me dis qu'avec un peu de chance, elle va finir par tomber de sommeil. Ou de sa chaise. Excepté Lizzie et le père de famille, lequel a dû fusionner en partie avec son siège, tout le monde fait des va-et-vient entre la cuisine et le salon pour changer les assiettes, les couverts et préparer le dessert. On se croise, on se frôle, sans échanger particulièrement de paroles. Je remarque que Kathy vient encore de s'éclipser dans une pièce, au fond du couloir, le portable collé à l'oreille.

Pauvre femme...

Dans la cuisine, on se félicite de la qualité de la nourriture et de l'efficacité des traiteurs londoniens. Je garde pour moi-même le fait qu'ils n'ont pas connu ce qu'est un vrai repas de Noël gargantuesque, tant qu'ils n'ont pas subi les trente plats de ma mère. Je ne m'attarde pas, car, la pièce étant petite, on est vite les uns sur les autres.

Je remonte donc l'escalier pour rejoindre Lizzie, quand quelqu'un me saisit le bras et me tire en arrière. J'ai à peine le temps de comprendre ce qui se passe que je me retrouve dans une chambre, dos à la porte qui se referme rapidement, mais discrètement, derrière moi. William a encore la paume plaquée contre ladite porte. Je souris, franchement amusée de cette manœuvre clandestine, et je prends mon élan pour le provoquer. Mais je n'en ai pas le temps ; il m'a déjà empoigné le cou et m'assène un baiser bien plus puissant et fougueux que les fois précédentes. Un bref instant, je suis surprise par son empressement qui me prend de court et me coupe tous mes moyens. Il me plaque assez rudement contre le bois, en homme qui n'a pas l'intention de ralentir la cadence. Un brusque désir, dont je ne reconnais pas la force, emplit soudain mon cœur et mes mains lui empoignent immédiatement la taille. Elles remontent dans son dos en griffant sa chemise, puis reviennent sur son torse pour s'agripper à sa nuque. Je me mets sur la pointe des pieds pour souder mon corps au sien et je remarque que je ne suis pas la seule à céder au désir. Les doigts de William s'impriment le long de ma colonne, dégringolent et finissent leur course autour de mes fesses. Je laisse filer un gémissement, quand un duo de voix frôle l'autre côté du mur de la chambre. Nous suspendons notre baiser de peur de faire trop de bruit et aussi pour entendre la conversation. Nos deux respirations marquent la cadence irrégulière et rapide de notre récente étreinte. Constater que son flegme est un peu malmené par son désir pour moi me comble de joie.

Les voix annoncent le dessert.

— Quel dommage, murmure-t-il, un brin cynique, j'aurais tant voulu vous arracher les épingles de votre chignon.

— J'avais espoir que vous arrachiez un autre élément de ma mise.

Il colle ses lèvres contre ma tempe.

— Il ne me semble pas avoir précisé à quel moment je voulais le faire.

Glissant l'une de ses mains sur la poignée de la porte, il finit par l'ouvrir et se faufiler hors de la pièce. Je patiente quelques secondes, autant pour défroisser mon haut que pour vérifier que personne ne remarque que nous sortons du même endroit. Je m'installe à table et remarque que William me fait un petit signe qui désigne mes cheveux. Je tâtonne discrètement : plusieurs mèches se sont échappées de mon chignon. Tandis que je les remets en place une à une, je ne peux ignorer son expression faussement désapprobatrice. Je ne manquerais pas de lui faire payer cette fourberie !

— Kathy ? appelle Lena, en tendant le cou vers le couloir. Mais enfin, que fait-elle donc ? Ça fait trois fois que je l'appelle.

— Elle est encore au téléphone avec son abruti de mari, répond Lizzie.

Cette fois, je sens que Lena perd patience.

— Maman, s'il te plaît, ce n'est pas facile pour elle. Sois un peu conciliante.

— Parce que, toi, tu l'es ?

— Pardon ?

— « Conciliante ». Avec ta sœur.

— Mais… bien sûr.

— Tu l'as toujours trouvée niaise et molle.

— Tu as trop bu.

— Là, nous sommes totalement d'accord, ma fille.

A côté de moi, je sens la panique de Thomas grandir. Il se lève une fois, puis se rassoit, puis se relève pour attraper la pelle à gâteau et entreprendre de couper des parts. Kathy finit par revenir. Tout le monde remarque ses yeux boursouflés par les larmes. Elle marmonne des excuses qu'on devine plus qu'on ne comprend.

Une fois assise, elle remet rapidement le nez dans son mouchoir. Elle est au bord de l'implosion.

— Je vous en prie, ne faites pas attention à moi, s'excuse-t-elle d'une petite voix. Ça ira mieux dans quelque temps.

Lizzie lâche le plus long soupir que j'aie jamais entendu.

— Mais bien sûr que non, *ça* n'ira pas mieux demain ! s'exclame-t-elle. Avec toi, *ça* ne va jamais mieux !

— Q… quoi ? balbutie Kathy.

— Tout ça, ce sont des histoires, exactement comme quand tu étais petite et que tu inventais des maladies pour attirer désespérément l'attention. Tu as très vite compris que tu ne pourrais jamais briller autant que ta sœur, alors, à défaut de susciter l'admiration, tu t'es dit que tu pourrais au moins susciter la pitié.

— Maman ! l'interpelle Lena, sans aucun succès.

— Votre hypocrisie à toutes les deux me fatigue ! Je suis navrée que tout ça se passe au moment du réveillon de Noël, mais… Non, en fait, je suis pas du tout navrée. J'en ai marre d'assister à votre cinéma en faisant semblant de ne rien voir. Kathy, ma chérie, ton mari ne t'a jamais aimée et tu ne l'as pas non plus aimé. Vous avez fait un mariage de convenance et personne n'en a été dupe une seule seconde. Tu es la pire épouse qu'on puisse imaginer, tout le temps en train de geindre et de te plaindre de tout, jusqu'à l'air que tu respires. Quant à lui, c'est un homme frivole et joueur, depuis le début. Tu n'as pas cru une seconde à ton mariage et, maintenant qu'il te trompe ouvertement, tu nous joues les victimes ?

— Mais… mais, renifle la tante, dont on peut lire sur le visage toute la sidération.

— Il n'y a pas de « mais ». Toute cette mascarade ne sert qu'à une seule chose : te faire plaindre. Tu ne peux plus jouer les femmes parfaites et dévouées, alors tu nous sers le rôle de l'épouse bafouée. Mais le fait est que si ton mari ne t'avait pas trompée, il aurait été le plus abrutis des hommes.

— Maman, ça suffit, maintenant ! tonne soudain Lena, dont le courroux la fait ressembler à une matrone romaine.

— Oh ! et toi, ne me prends pas pour une idiote ! Je ne suis pas encore sénile. Ce qui te choque, ce n'est pas ce que je dis sur ta sœur, tu penses bien pire d'elle. Non, *ce qui te choque*, c'est que ton image de bourgeoise parfaite se craquelle devant tes fils chéris ainsi que des étrangères. Comment continuer d'être la seule femme irréprochable de leur vie, la seule que tu peux tolérer, si tu n'es pas parfaite ?

— Mais qu'est-ce qui te prend, à la fin ?

Le visage de Lizzie se fissure, et là, je mesure ce que ma sœur a voulu dire, tout à l'heure. Je vois une immense tristesse remonter le long du cou de cette femme, déformer sa bouche et déborder de ses yeux.

— *Il y a* que Mary est morte la semaine dernière et, parce que j'ai été trop bête et trop lâche, je ne suis pas allée à ses funérailles.

L'incompréhension se lit sur tous les visages, enfin, exception faite de celui du père de famille.

— Mary ? finit par demander Lena, après un bref silence.

— Mary O'reilly, déclare Lizzie avec solennité.

— Mary O'reilly… La secrétaire particulière de papa ? continue Lena, qui ne cache pas son profond étonnement. J'ignorais que tu étais proche d'elle.

— « Proche d'elle » ? répète Lizzie, pour finalement s'écrier : « proche d'elle » ? Nous avons été amantes pendant presque vingt ans ! Elle a été le grand, le seul amour de ma vie.

A cette seconde précise, le mot « apocalypse » prend un tout nouveau sens dans mon esprit.

Chapitre 13

De toute ma vie, je n'ai jamais assisté à une fin de repas plus rapide ni plus désincarnée. Après le coup de massue de Lizzie, c'était comme si toute la tablée était tombée dans une faille spatio-temporelle. Une seconde on est à table, on mange, on échange, la seconde d'après, le salon se trouve littéralement vidé de toute vie, comme si rien ne l'avait habité depuis plusieurs jours. Je n'ai aucun souvenir des étapes intermédiaires, encore moins de la façon dont on est passé d'un état à un autre. En vérité, Mélie et moi sommes vite retournées dans notre chambre et, je l'avoue, sans nous retourner. Nous avons attendu un petit moment sans bruit, assises sur le lit, persuadées que nous devrions sans doute accueillir une tierce personne et un matelas gonflable, mais étonnamment, personne n'est venu cogner à notre porte. L'appartement doit être plus spacieux que ce que je crois ; il s'étend probablement, non pas sur les deux, mais sur les trois étages qu'on voit de l'extérieur de l'immeuble. Je suis soulagée, car l'idée de partager ma nuit avec Lizzie, la rebelle alcoolique, ou Kathy, la cocue dépressive, ne m'enchantait guère.

— Quelle drôle de famille, me confie Mélie juste avant qu'on se couche.

— « Drôle » ? Ton sens de l'humour ne cessera jamais de m'étonner.

— Je crois bien que nous avons été le détonateur qu'ils attendaient tous, sans le savoir.

— Le détonateur ? Pour quoi, exploser ?

— Quand un organisme, ou une structure, est sous tension trop longtemps, il faut qu'il évacue cette tension d'une façon ou d'une autre. Normalement, la communication est censée faire ce travail de soupape de sécurité, sauf que, visiblement, ils n'ont jamais communiqué.

— Super ! Du coup, ils se sont servis de nous comme excuse.

— Plutôt comme prétexte à une espèce de discussion forcée.

Je me laisse retomber sur le dos, fixant le plafond.

— Eh bien, je n'aime pas être utilisée contre mon gré, surtout comme doudou thérapeutique, ou un truc du genre. J'espère ne pas les croiser demain, avant de partir. Bonjour l'ambiance postapocalypse.

— Pas même William ?

— Ça, c'est un coup bas.

— Oui, ce sont les plus efficaces.

— J'ai l'impression que tout ceci t'amuse, Mélie.

— Est-ce que j'ai vraiment l'air amusée ? Parce que je ne *m'amuse* pas vraiment. Est-ce que, quand je suis inquiète, j'ai une tête de personne qui *s'amuse* ? Si c'est le cas, c'est perturbant.

— Non… enfin, pas trop. Je voulais juste dire que j'avais *l'impression* que tu trouvais tout ça cocasse.

— Non.

Je soupire.

— Mélie, tu n'as jamais l'air de *t'amuser*, je te rassure. Allez, essayons de dormir. Demain, on retourne chez nous et tout rentrera dans l'ordre.

Après une seconde de silence, Mélie chuchote :

— Je ne crois pas qu'il existe un quelconque ordre de quoi que ce soit dans la vie.

Je rabats la couette sur la tête et lui tourne le dos. Je crois que je m'endors assez vite, mais je n'en suis pas sûre, car j'ai l'impression d'être entre deux états : à la fois somnolente et éveillée. Je reprends conscience par moments, puis je me laisse aller dans les bras de Morphée, et je le quitte à nouveau. Bref, je n'arrive pas à me décider, et mon hésitation m'amène jusqu'à l'heure fatidique de 2 heures du matin. Là, je suis parfaitement réveillée et plus énervée que jamais de l'être. J'ai toujours eu le sommeil très fragile, la moindre excitation, contrariété, euphorie ou tristesse et plus moyen de fermer l'œil. Je soupire. Deux nuits d'insomnie d'affilée vont me transformer en spectre. Et pas un joli spectre, vaporeux et lumineux, non. Un vraiment moche, sale, rampant et défait. Je fixe ma sœur. Etendue sur le dos, les bras croisés sur la poitrine, on dirait une morte. Une fois dans un lit, elle ne bouge plus. Elle s'allonge dans cette position, s'endort en quelques minutes et se réveille huit heures après dans la même posture et à peine décoiffée. Quand j'étais petite, je me souviens avoir hurlé plusieurs fois en croyant qu'elle était morte. Même encore maintenant, quand il nous arrive de partager le même lit, je me surprends à mettre ma main près de son nez pour vérifier qu'elle respire. Peut-être qu'un jour, elle se rendra compte qu'elle n'a plus besoin de respirer et elle arrêtera. Simplement.

Ne voulant pas réveiller Mélie à force de gigoter dans le lit pour trouver une position satisfaisante, je finis par m'asseoir sur le bord du matelas. Il n'y a pas de volets aux fenêtres, comme la plupart des habitations, ici. Je perçois vaguement la lumière de l'éclairage de la rue qui se réverbère sur la neige. Je ne sais pas pourquoi je n'arrive pas à fermer l'œil précisément cette nuit. Quel est le problème que mon cerveau ne parvient pas à solutionner ? Après tout, les contrariétés de la veille ne me concernent pas. Ce n'est pas ma famille, encore moins mon histoire. Je me demande ce qu'en pense William. Je ne peux pas croire qu'un tel rebondissement le laisse indifférent. Je suis convaincue que son flegme n'est qu'apparent. Quelqu'un qui est capable de jouer comme il le fait ne peut être à ce point fait de marbre. Mes pensées dérivent vers cette pièce où il m'a attirée et plaquée contre la porte. J'ai l'impression de sentir encore son parfum sur moi, comme si ma peau l'avait absorbé. A l'évocation de ce simple souvenir, mon cœur bat plus vite, car à cet instant, je sais que j'ai vu quelque chose de lui qu'il cache : son feu sous la glace.

Je soupire. Ce n'est pas en repassant devant mes paupières tous les événements de la journée que je vais réussir à mettre mon cerveau sur pause et laisser venir à moi le marchand de sable.

Je décide d'aller me servir un verre d'eau pour tromper mon ennui. Je sors prudemment de peur de tomber sur quelqu'un ou, pire, de réveiller quelqu'un qui dormirait dans le salon. J'avance à pas feutrés. Je crois distinguer Kathy, allongée sur le canapé. Je l'entends ronfler du couloir. Je descends à la cuisine, et me sers un verre d'eau. Je reste un certain temps assise à la table, à fixer les branches décharnées et poudrées de neige à travers la verrière. J'essaie de faire le vide dans mon esprit, mais ça ne me donne pas forcément envie de dormir. Cependant, le silence et la nuit enneigée m'apaisent et me détendent.

Je ne sais pas combien de temps je reste en bas. Mais au bout d'un moment, je décide de remonter, car je commence à avoir froid aux pieds. Je traîne littéralement la patte. Fixer le plafond et entendre la respiration régulière et sereine de ma sœur va profondément m'énerver, je le sais d'avance. Soudain, je ralentis et m'arrête. Je distingue un mince filet de lumière sous la porte de la chambre dans laquelle William m'a entraînée plus tôt dans la soirée. La sienne ? Ça me paraîtrait logique. J'avance doucement et me plante devant. Je colle l'oreille contre le bois et j'entends quelqu'un marcher. Je me sens totalement idiote. Si on me surprenait à espionner de la sorte, je pourrais bien mourir, foudroyée de honte. La lumière s'éteint brusquement. Les secondes s'écoulent et je me demande ce que je fiche, là, dans le couloir, en plein milieu de la nuit.

C'est le grand vide intersidéral dans ta tête, ma fille !

Non, pas le vide. En réalité, je sais ce qu'il y a dans ma tête à cet instant précis. Je pense à notre étreinte, et je meurs d'envie qu'elle reprenne là où elle s'est arrêtée. Parce que après tout c'est le réveillon, j'ai passé une *sale* année, une *sale* paire d'heures, le tout avec un *sale* temps, il n'y a donc pas de mal à se laisser aller et à permettre à une personne de vous entraîner sur une pente vertigineuse et délicieuse. Juste une fois, parce que je ne suis pas sûre de retrouver une excuse aussi bidon que celle-là.

Et si ce n'était pas lui, dans cette chambre, mais ses parents ?

Ma vie vient de défiler devant mes yeux, rien qu'à la perspective de frapper et de me trouver nez à nez avec Lena. Alors une idée géniale me vient à l'esprit : m'en remettre aux signes du destin, ainsi qu'à la technologie.

Je file dans la chambre d'amis et sans faire de bruit, j'attrape le téléphone de ma sœur, récupère le numéro de William et lui envoie un message :

Je ne dors pas.

Je me rassois sur le lit et j'attends, plus ou moins en

apnée, comme une midinette à la sortie du lycée. Et là, bien entendu, le hamster cérébral est de retour et pédale dans sa roue. Peut-être que William a mis son téléphone sur silencieux, peut-être que ce n'est pas lui, derrière cette fichue porte et qu'il dort profondément parce qu'on est au milieu de la nuit. Pire ! S'il a ce message, comment va-t-il prendre cette façon franchement directe de lui donner rendez-vous ? J'aurais au moins pu me fendre d'un petit complément d'objet direct, ou même d'une subordonnée, après le sujet et le verbe. Finalement, je trouve mon message horrible et je me dis qu'à sa place, j'aurais sûrement répondu un : « Super. Très heureuse de le savoir. »

Bon, allez, on arrête les conneries pour ce soir.

Je repose le téléphone sur la table de nuit aussi vite que s'il m'avait brûlé les mains. Au moment où je bascule la tête sur l'oreiller, l'appareil s'allume. Je me redresse comme un diable qui sort d'une boîte à ressort. C'est pathétique ! Mais je m'en fiche, je prends connaissance du message :

Je peux vous proposer un autre débat sur l'audace.
Première porte sur la gauche, en sortant.

Ah ! C'est bien celle que j'avais repérée.

Super, à 2 heures du matin, j'ai vraiment le triomphe facile. Je me relève et jette un coup d'œil machinal à mon reflet dans le miroir. Je sens une étrange nervosité monter en moi, comme lorsque je m'apprête à faire une importante présentation. Une sorte de fébrilité qui galvanise et tend chacun de mes muscles. J'esquisse un sourire et remonte mes cheveux pour les nouer en un vague chignon. Puis je sors de la chambre, mi-honteuse de ce que je suis sur le point de faire, mi-euphorique à cause de *ce que je m'apprête à faire* et qui me ressemble si peu.

Les quelques mètres qui me séparent de sa chambre me laissent le temps d'imaginer ce que je vais lui dire. De quelle façon dois-je me comporter ? Y a-t-il des codes à respecter quand on débarque en plein milieu de la nuit dans la chambre d'une personne qu'on vient de rencontrer ? Ou doit-on juste se laisser porter ? J'ai manqué tous les épisodes déjantés de ma vie d'étudiante, j'aurais peut-être dû en suivre au moins un. Je suis sur le point de toquer, quand je me dis que parmi toutes les idées que j'ai eues ces derniers jours, celle-là mérite le label « bien débile ». Autant prévenir toute la maison, tant que j'y suis !

J'ouvre lentement la porte. La lumière est éteinte. Je prends une profonde inspiration pour verbaliser ce qui me passe par la tête et qui, j'espère, sera détaché et cool. Cependant, je n'ai rien le temps de dire, car William me prend brusquement par la taille et m'attire à lui. Par un réflexe curieux, comme si nous avions déjà fait ce geste des dizaines de fois, j'ouvre les bras et mon corps épouse parfaitement le sien. Nos lèvres se trouvent rapidement, et s'étreignent avec envie et empressement. Sous mes doigts, sa peau est brûlante et son souffle saccadé résonne à mes oreilles en une musique sensuelle. Ses mains descendent sur mes reins qu'elles empoignent un peu brutalement et pressent nos bassins l'un contre l'autre. J'ondule contre lui, ça m'électrise. Il porte un T-shirt un peu ample, ce qui me permet de glisser rapidement les doigts dessous et de découvrir à l'aveugle son dos et ses épaules. Son épiderme qui défile sous la pulpe de mes doigts est lisse et tendu, je sens quelques veines gonflées courir sur ses avant-bras. Mes caresses mettent le feu aux poudres, car ses lèvres, quittant les miennes, se plongent avec gourmandise sur mon cou et ma gorge.

Sa langue habile effleure le lobe de mon oreille, elle le contourne avec envie jusqu'à atteindre l'arête de ma mâchoire puis mon cou. Ma peau en frémit, tandis qu'une vague de chaleur part de mon bassin et vient gonfler mes seins. Je serre plus fort les doigts contre lui à mesure que je sens ses morsures marquer mon épaule dénudée et sa main emprisonner ma nuque. Ma respiration se fait plus précipitée, et je me colle contre lui. Tout mon corps réclame l'accélération de la cadence, mais il poursuit l'exploration de mes courbes jusqu'à me rendre dingue. J'exhale un gémissement plaintif alors que ma colonne se cambre pour répondre à ses caresses.

Je me sens soudain soulevée et presque jetée sur le lit. William s'écarte juste assez de moi pour me toiser et deviner dans la semi-obscurité les contours de mon corps. L'une de ses mains se plaque sur mon cou et descend lentement sur ma poitrine, en suivant le satin de mon haut à bretelles. Il décrit des sortes de courbes sur mon abdomen, effleurant mes seins sans les prendre, empruntant le chemin de la naissance de mes cuisses, sans jamais les atteindre. Cet évitement provocateur me rend complètement folle.

Je me redresse pour lui empoigner les épaules et le plaquer contre moi, mais il est plus rapide. Il s'empare de mes mains, les colle au lit, et se sert du velours de ses lèvres pour découvrir le dessin de mon buste. Il suit mon cou, en équilibre sur ma clavicule, puis ma poitrine, et je sens ses baisers appuyer, pincer, puis goûter à tous mes reliefs. Je me tords de désir, mêlant mes jambes aux siennes. Je laisse échapper un gémissement que j'interromps rapidement de peur qu'on nous entende. Il finit par libérer mes poignets pour se saisir de l'extrémité de mon haut et le retirer rapidement. Je fais de même. J'anticipe les contours de son corps grâce à la faible lumière qui entre dans la chambre par la fenêtre. Il a de si belles épaules, rondes, fermes et d'une envergure que mon œil d'architecte trouve parfaitement équilibrée. J'aime sa taille fine, tout comme les physiques secs et nerveux.

Le plat de sa main couvre mon sein avec envie. Ses gestes sont précis, même si je sens que son désir contraint les précipite. Je suis dans le même état, je ne prends pas la peine de le découvrir entièrement. Je veux le posséder tout entier et sans attendre. Son corps s'abat sur le mien, ses doigts courent sur ma peau, cherchent le petit interstice entre l'élastique de mon pantalon de pyjama et mon ventre. Une fois qu'il est sous le tissu, je le sens prendre un chemin plus intime et je lui facilite la progression autant que je peux. Je cambre les reins pour l'inviter silencieusement, et lui empoigne à mon tour les fesses. Ce geste accélère aussitôt son exploration. Ses doigts accrochent ma culotte et la font glisser sur mes cuisses jusqu'à mes chevilles. Je suis entièrement nue et offerte. Il marque une pause et m'observe. Son regard, qui s'attarde sur mes formes, est plus érotique encore que ses caresses. Je sais qu'il détaille mes seins, mon ventre, mon intimité et, ce faisant, il augmente notre désir à tous les deux. Sans que ma raison l'ordonne, mes cuisses s'entrouvrent légèrement. Je laisse filer un soupir et, dans mon impatience qu'il me prenne d'assaut, j'empoigne brusquement les draps. Soudain, ses doigts se posent sur mon bassin, ils descendent rapidement pour me découvrir enfin. Je penche la tête en arrière et développe des trésors de concentration pour ne pas gémir trop fort. Il pivote un instant sur le côté et j'entends un bruit d'emballage qu'on déchire. D'instinct, je tends la main vers les siennes et l'aide à couvrir son excitation. Ensuite, il roule sur moi et soude son bassin au mien, me pénétrant sans hâte mais fermement. Je sens une onde brûlante me ravager le ventre, le cœur, les poumons et la gorge. Malgré la fougue de ses baisers qui me laissent à peine le temps de reprendre mon souffle et sa poigne de fer qui me tient collée à lui, ses assauts sont d'abord lents et doux, tout en contrôle. Puis, au fur et à mesure que j'entends son souffle dérailler contre moi, le rythme s'accélère et mes sens entièrement sollicités me font tourner la tête. Il prend possession de mon corps, et de bien plus que je ne voudrais l'admettre. Mais pour une fois, j'abandonne la raison et me concentre sur la sensation de lui en moi. Sur la façon dont il me comble, passant de la tendresse à l'animalité selon l'intensité des va-et-vient qu'il adapte à mes réactions. J'enfouis mon visage dans son cou et scelle mes lèvres contre sa peau pour étouffer mes cris. Mes ongles se plantent dans ses épaules, comme si j'avais peur de tomber. Mes jambes s'accrochent à son tour de reins, je veux être au plus près de lui.

Le vertige se fait de plus en plus puissant, ma poitrine et mon ventre s'électrisent, alors que sa cadence s'accélère encore. J'ai le réflexe de plaquer la main sur ma bouche et j'étouffe un cri de jouissance qui fait redoubler ses baisers. Quand nous cessons tous deux de vibrer l'un contre l'autre et que nous reprenons très lentement le contrôle de nos respirations, je sens son corps se détendre et peser sur moi. J'aime cette sensation, celle de me sentir couverte entièrement par lui. Ses mains apaisées câlinent tendrement mes hanches et je lui réponds du même geste dans son dos. Nous restons un long moment sans échanger un seul mot, profitant de nos souffles qui se répondent dans le silence. Je le sens encore en moi, tandis que nous substituons l'empressement de l'étreinte du début par la douceur. Grisée par cette singulière torpeur provoquée par les ondulations discrètes de nos corps, je me laisse entraîner dans une agréable anesthésie de l'esprit. Cette fois, plus de raisonnement, plus de pensée, plus d'angoisse ni de questionnement sans réponse. Je ne réfléchis à rien, je n'ai plus envie de rien, je suis juste là, dans cette chambre, sur ce lit, avalée par ses bras, et je suis bien.

Au bout d'un moment dont je suis incapable de mesurer la durée, William glisse sur le côté, sans toutefois me libérer de ses bras. Il se penche en arrière et allume une lampe de chevet, laquelle distille une lumière chaleureuse qui réchauffe la froideur de l'éclairage extérieur. Ses yeux sombres aux pupilles dilatées sont fixés sur les miens avec une telle intensité, un tel désir qu'une ultime contraction serre mon ventre. Je sens que je rougis en distinguant, cette fois, parfaitement son visage et, surtout, sachant qu'il fait de même avec le mien. L'obscurité maintenait une sorte de pudeur qui laissait à mon imagination le loisir de me préserver un peu. Ses yeux scintillent et il a ce sourire si particulier, à la fois provocant et amusé. Il détaille mon visage, mon cou, ma poitrine, mon bassin, mes jambes. Cela pourrait me mettre mal à l'aise, mais je lis tant de désir dans son regard que ça m'emplit de satisfaction. Il pose les doigts sur ma joue, il la touche à peine, retire plusieurs mèches de mes cheveux qu'il replace consciencieusement derrière mes oreilles, puis suit le chemin de mon oreille jusqu'à la courbure de mon épaule. J'ai l'impression qu'il me prend en photo mentalement pour ne pas m'oublier. Moi, j'ai du mal à me détacher de ses pupilles qui paraissent me raconter tant de choses que j'aimerais *tant* pouvoir entendre.

Je prends enfin le temps de le regarder. Il a une musculature de coureur : fine et allongée. Je distingue une colonie de taches de rousseur sur ses épaules et le haut de son dos. Il a une cicatrice en forme de V au niveau d'une côte. Ses cuisses sont fermes et longues, et je m'amuse à penser qu'il est presque aussi pâle que Mélie. La Grande-Bretagne manque cruellement de soleil. Comme je dois sans doute avoir l'air amusée en l'observant, son sourire s'élargit et dévoile une rangée de dents impeccables. Je me sens en confiance, alors je décide que c'est le bon moment pour rompre le silence.

— Où en est-on, au niveau de l'audace ?

— Le débat manque encore un peu de développements, mais l'introduction est prometteuse.

J'étouffe un rire et le bouscule.

— Tu es un vil manipulateur.

S'étant mélangés sans retenue l'un à l'autre, le changement de pronom me paraît si naturel que, sur le moment, je ne réalise même pas que je suis passée à la familiarité du *tu*.

— Je ne t'ai pas beaucoup entendue protester, me fait-il remarquer.

— Tu as un problème d'audition, je pense.

— Pourtant, j'ai bien entendu tes aigus. Une question de graves alors, peut-être ?

— Sûrement.

Je prends une grande inspiration et fixe le mur. Maintenant que le niveau de mes endorphines est en train de baisser, mon cerveau se remet à fonctionner.

Je sens déjà poindre la contrariété et l'angoisse. J'ai aimé ce moment. Pas juste l'assouvissement du désir ou l'attirance physique que j'ai eue pour lui depuis le début, non, j'ai *vraiment* aimé ce moment. En fait, je ne me rappelle pas qu'un premier rapport ait été aussi immédiatement complice et naturel. Après coup, j'avais toujours un sentiment d'hésitation qui me faisait me demander si je ne m'étais pas fourvoyée, si c'était bien ce que je voulais, ou si ce serait pareil les fois suivantes. Et le fait d'être simplement heureuse, contre lui, dans cette chambre, et de ne surtout pas avoir envie de me lever pour retourner près de Mélie m'envahit d'angoisse. Je n'avais pas du tout prévu ça et, surtout, je n'avais pas pensé que j'aimerais qu'il y ait une suite. Mais quelle suite ? Un pays différent, une famille différente. D'un point de vue rationnel, c'est une aberration, je ne devrais même pas avoir ce genre de réflexion.

Mais arrête de te poser mille questions !

Je souffle et passe la main sur mon front.

— Je sais, déclare soudain William, c'est la merde.

Mon premier réflexe est d'apprécier qu'il soit sur la même longueur d'onde que moi, et que notre connexion échappe à son flegme, mais très vite, ça me conforte dans mes doutes, car il a exactement les mêmes.

— Voilà…

Voilà, voilà.

— Je tiens quand même à clarifier les choses, pour qu'il n'y ait pas la moindre ambiguïté, m'annonce-t-il sur un ton faussement notarial.

— C'est-à-dire ?

— Tout est ta faute.

— Pardon ?

— C'est toi qui t'es trompée de toilettes.

— Je croyais qu'on avait clos le sujet.

— Je ne suis pas certain que ce que nous venons de faire l'ait *clôturé*.

— Le cœur du problème vient du fait que tu ouvres trop facilement les portes.

— Je constate que, question mauvaise foi, on ne fera jamais mieux que les Français.

Nous laissons s'installer un silence agréable, toujours collés l'un à l'autre. Au bout d'un moment, je commence à me demander à partir de quand il serait raisonnable de regagner ma chambre. William ne semble pas vouloir me lâcher et je n'ai aucune envie de le quitter. Néanmoins, nos corps nus sur les draps vont finir par ressentir le froid et j'aimerais éviter ce moment de gêne lors duquel on court récupérer ses vêtements et on se rhabille, en essayant de garder intacte une certaine magie. Alors, je finis par me redresser et regarder où se trouve mon pyjama. Je tends une main pour attraper mon pantalon, mais William étend son bras, ceinture mes épaules et me plaque au lit. Il ouvre alors complètement la couette pour qu'on puisse se glisser dessous.

Comme je ne sais pas trop quoi dire, je balbutie un :

— Heu…

Il conclut :

— Ma porte, mes règles. Et, ta mauvaise foi

mise à part, nous savons que tu les aimes autant que moi.

Une légère décharge électrique fait frissonner mes reins et je réprime difficilement le sourire qui finit par étirer mes lèvres.

Chapitre 14

Personne ne réussira jamais à me convaincre que le karma de certains n'est pas un poil plus pourri que d'autres. Ou que la loi des séries n'existe pas. Ou bien encore, que « ça ne peut pas être pire ».

Si, *ça peut.*

En général, plus le bonheur est grand, plus la chute est rude. Si vous me permettez un petit retour en arrière sur ma nuit, je pourrais faire un bon mot, un de ceux contenus dans mon répertoire sarcastique, mais le fait est que je suis trop bouleversée pour le faire. Le sarcasme fuit l'émotion. Je sais, tout ceci fait très cliché. Car le fait est que, cette nuit, je me suis sentie gagnée par quelque chose dont je craignais avoir oublié l'existence : le bien-être. Celui qui vous fait dire que vous êtes pile à la place où vous êtes censée être. Sans arrière-pensée, sans le murmure maléfique de cette petite voix qui pollue systématiquement tout sentiment de joie et de fierté, en vous ramenant à la dure réalité grise d'un : « Oui, c'est bien, mais... »

Je me suis abandonnée. Ça aussi, c'est un cliché. Sauf qu'il n'y a pas d'autres mots pour expliquer ce que j'ai ressenti. C'était comme si le fil tendu depuis la mort de mon père, cette tige devenue si rigide que la moindre variation de l'humeur la fait douloureusement vibrer, s'était totalement ramolli. *Comme si*, elle était devenue souple, ondulante. Une petite ficelle de laine qui s'enroule autour de mon désir pour William. Il faut que je me rende à l'évidence, ce n'est plus du tout un jeu. Je n'en suis plus au stade de la légèreté d'une séduction sans lendemain. J'ai sauté à pieds joints dans la mare aux sentiments. Ça craint.

Je n'ai pas osé en parler à William. En fait, je n'ai pas osé parler, tout court. Juste après qu'il m'a invitée à rester dans ses bras le reste de la nuit, je n'ai plus prononcé un seul mot. J'ai gardé le silence parce que c'était la seule chose dont j'étais capable. Tout se bousculait tellement dans ma tête que j'avais peur de passer pour une hystérique si je tentais de verbaliser quoi que ce soit. Le moment était tellement parfait. Sa chaleur m'enveloppait autant que la couette, j'entendais son cœur battre fort dans mon dos, tandis que ses lèvres traînaient tendrement sur ma nuque. Il me serrait si fort que je ne pouvais pas bouger. Si toutefois il m'avait pris l'envie de le faire.

Je crois qu'il s'est endormi très vite, même si, régulièrement au cours de la nuit, ses mains se sont attardées à me caresser l'épaule, la hanche, le ventre. Il y a encore peu de temps, j'aurais détesté ces marques d'affection, parce qu'elles frappent directement au cœur, et que je n'ai aucune envie de rouvrir les portes de cette intimité. Pas depuis la mort de papa. Pourquoi les émotions sont-elles si compliquées, si incontrôlables ? Pourquoi ne peut-on simplement choisir de fermer le robinet des sentiments quand on le souhaite ?

Je me suis posé la question en boucle et je n'ai pas dormi. Cette insomnie aurait pu me sauver de l'apocalypse qui allait suivre, mais j'étais plongée dans une sorte de torpeur abrutissante, épuisée par mes propres questionnements métaphysiques.

Le soleil est levé depuis quelque temps. J'ai la tête lourde. Je tends le bras vers le meuble de chevet et fais pivoter le réveil. 7 heures. William me sent bouger et resserre son étreinte.

Je ne risque pas de m'envoler.

Cette pensée me fait sourire et me flatte. Elle nourrit mon ego compliqué et fragile. Je vois dans ce geste inconscient tout un tas de signes, comme s'il m'avait fait un discours. Je me surprends à penser qu'il y a une vibration derrière cette pulsion inconsciente, qu'il y a un élan du cœur, quelque chose de singulier. D'exceptionnel. Le mot est lâché ! Un parfum *d'exceptionnel* traîne dans mes narines depuis la nuit dernière. Pour moi, en tout cas, ce moment ne ressemble à aucun autre vécu jusque-là. Il va vraiment falloir que nous parlions. Et pourvu que je ne gâche pas tout !

Avec le recul, je me rends bien compte que mon plus gros problème est de tout surinterpréter. Je pense, je raisonne, puis je pense et je raisonne. Et quand je crois avoir un instant de libre, je pense à nouveau et…

Sauf que pendant que je fais ça, j'occulte tout ce qui m'entoure. Je suis focalisée.

La porte s'ouvre brusquement. Porte sur laquelle, bien entendu, mon attention ne se focalisait absolument pas. Le bruit qu'elle produit me pince au cœur et me fait m'asseoir sur le lit aussi brutalement que le ressort d'un diable sortant de sa boîte. Tout se passe si vite qu'à peine mes fesses plantées dans le matelas, j'aperçois la mère de William juste devant moi. J'ai l'impression qu'elle vient de se matérialiser dans la pièce sans aucun signe avant-coureur du genre fumée noire ou éclairs verts.

— William, je suis désolée de te réveiller si tôt, mais il faudrait vrai…

Le syndrome du lapin pris dans les phares d'une voiture fait son grand retour. Elle et moi nous faisons face avec la même expression hébétée et stupide. Chacune convaincue que l'autre n'a rien à faire là. Le silence dure sans doute à peine une seconde, mais il me paraît s'étirer sur une éternité. Elle aussi, certainement. Puis s'ensuit le drame. Le Jugement dernier façon îles Britanniques.

— Oh ! mon Dieu ! s'écrie-t-elle soudain dans la langue du drame shakespearien. Comment… Comment avez-vous pu ? William, que t'est-il passé par la tête ? Et vous… vous !

Dans ce « vous », il y a tout le mépris de l'univers.

Dès le premier cri de sa mère, William s'est redressé d'un coup, mais son esprit encore engourdi par le sommeil interrompu le prive de réaction. J'ai remonté la couette jusqu'à mon cou, en espérant que son épaisseur me couvre de vertu. Peine perdue à en juger par le regard sentencieux que me lance mon juge.

— Maman ! l'interpelle William, en secouant la tête pour se remettre en place les idées, du moins je le suppose. Calme-toi et baisse d'un ton, tu veux ?

Quelque chose me dit qu'elle va moyennement vouloir.

— Sûrement pas ! Ton frère est juste à côté, dans le salon, ta grand-mère aussi et ta tante ! Comment avez-vous pu… Quelle honte !

William se jette sur son pantalon et ce geste me tire enfin de ma paralysie. Je rampe tant que je peux pour récupérer mon pyjama que j'enfile en priant pour garder un reste de dignité. Je risque un regard en direction de mon complice. Son visage est marqué d'une expression tellement dure ! Je ne l'ai jamais vu aussi sombre. Ses muscles roulent nerveusement sous la peau de son torse nu, et je suis certaine d'entendre d'ici ses dents grincer tant sa mâchoire est crispée. Si je ne le croyais pas sincèrement incapable d'un tel geste, j'aurais juré qu'il aurait pu foncer droit sur sa mère pour la gifler.

— Maman, sors de ma chambre ! exige-t-il d'un ton de prêtre en plein exorcisme.

— Pourquoi ? Visiblement, j'ai déjà interrompu ce qu'il y avait à interrompre.

Collée dans un coin de la chambre, je me surprends à me demander si mon attitude est la bonne. S'il n'y aurait pas quelque chose d'autre à faire en pareille circonstance. C'est-à-dire le genre de circonstance qui consiste à se faire surprendre par la mère de son amant, alors que celle-ci croit dur comme fer que vous êtes la petite copine de son second fils. Fichtre ! On dirait le pitch d'une comédie de Bollywood ! Manquerait plus qu'ils se mettent tous à chanter en se tournant autour et on y serait !

J'aimerais vraiment pouvoir filer dans la chambre d'amis, récupérer sœur et valises pour m'enfuir hors de cette maison de fous, mais la *bête hurlante* se trouve pile entre la porte et moi. Or, sauf à la bousculer, ce qui achèverait de plonger cette scène dans un des cercles de l'enfer de Dante, je ne vois aucune autre solution que de rester muette, la plus discrète possible, planquée entre l'armoire et la table de chevet.

Au moins, je ne suis plus à poil. On progresse.

Après avoir enfilé un pull léger, William marche sur sa mère, la pousse sur le côté, et file dans le couloir. Je patiente une seconde pour ne pas créer d'encombrement, puis je me risque à leur emboîter le pas. Ils crient toujours.

— Tu ne sais pas de quoi tu parles ! tonne William.

— Oh ! alors, je t'en prie, explique-moi ! persifle sa mère, alors que sa voix flirte avec les suraigus.

— Je n'ai pas à discuter de ma vie privée avec toi. Tu es sous mon toit, je te rappelle. Cesse cette ridicule crise de nerfs, maintenant !

Je n'aimerais pas me le mettre à dos. Sa voix est glaçante, coupante comme un silex. On dirait qu'il s'adresse à une employée qu'il vient de surprendre la main dans la caisse. Je suis étonnée cependant que, malgré la violence de la dispute, William reste fidèle au mensonge de son frère. Il pourrait facilement désamorcer la crise en avouant la supercherie. Après tout, Thomas est assez grand pour gérer les conséquences de ses inventions.

Il pourrait facilement me tirer d'embarras et me redonner un peu de dignité...

A son tour, Thomas fait irruption dans le couloir. Je l'entends soupirer dans mon dos. En me retournant, je constate qu'il ne s'est toujours pas départi de son expression mi-moqueuse mi-indifférente.

Magnifique ! Moi aussi, je suis morte de rire. Tout le monde est mort de rire...

La colère grimpe le long de ma colonne. Toute cette histoire est entièrement sa faute et, par je ne sais quelle fidélité fraternelle que je ne peux m'empêcher de trouver un brin exagérée, William se fait passer au gril et on vient de me coller l'étiquette « putain française » sur le front.

— C'est quoi encore, le problème entre eux ? me demande Thomas.

Je dois faire un gros effort sur moi-même pour ne pas lui aboyer dessus.

— Ta mère nous a surpris tous les deux, ce matin.

— Surpris ? Où ça ?

— Dans sa chambre ! Lui et moi. Sous la couette. Un indice : on ne faisait pas une partie de Scrabble. Sûrement parce que je déteste le Scrabble.

Au final, je lui aboie quand même dessus. Thomas

me dévisage et je note que son masque d'indifférence se fissure par endroits. Je ne sais pas s'il feint d'être embarrassé, ou s'il est réellement touché par ce que je lui dis.

— Oh non, c'est pas vrai, murmure-t-il. Qu'est-ce que j'ai fait ?

Il est peut-être sincère. Dans le doute, je décide de ne pas l'accabler davantage. En fait, tout ça est un peu trop pour moi. Je voudrais juste quitter cette demeure et rentrer chez moi. Ça tombe bien, je dois prendre un ferry dans quelques heures. Toute cette histoire sera bientôt derrière moi.

— Je suis désolé, Scarlett, dit-il, la mine penaude. Jamais je n'aurais imaginé que ça tournerait comme ça. C'est de pire en pire.

Je me surprends à soupirer. Il m'attendrit.

— Ecoute, je n'ai pas de conseil à te donner, mais je pense que la fidélité doit aller aux personnes qui t'aiment réellement, je veux parler de celles qui t'acceptent tel que tu es.

— C'est-à-dire ?

— Aimer l'image qu'on se fait d'une personne, ce n'est pas de l'amour. C'est du fantasme. Tu devrais laisser une chance à ta mère de t'aimer tel que tu es. Et si elle préfère le fantasme, alors c'est son choix.

Ce que je dis fait mouche. Je le sens bouleversé. L'espace d'un instant, je me demande si j'ai bien fait. En partant, je risque de laisser cette famille en plein conflit, peut-être même que mes paroles vont aggraver les choses. Mon histoire n'a jamais été faite de mensonges et de non-dits. Dans ma famille, on communique. Trop, tout le temps. S'il y avait des cadavres dans un placard, on les aurait exposés dans le jardin pour les aérer, au premier coup de ménage, comme des dessus-de-lit. Mais peut-être que les non-dits valent mieux que des drames ? Qui suis-je pour juger qu'une pratique familiale est meilleure qu'une autre ?

De toute façon, il est trop tard. Thomas se dirige à grandes enjambées vers le salon. Je reste plantée dans le couloir, tel le spectateur s'arrêtant sur le bas-côté, fasciné par un accident de la route.

— Bon, ça suffit, vous deux ! s'exclame Thomas.

— Non, justement, ça ne suffit pas ! Sais-tu ce que ton frère et ta… ton amie font juste sous ton nez ? s'offusque la mère.

— Je sais.

— Pardon ? Enfin, mais qu'est-ce qui ne tourne pas rond ici ? hoquette Lena, frappée de stupeur.

— Oh ! eh bien, à tout hasard je dirais : cette famille ?

Thomas jette un pavé dans la mare. J'aperçois la tante et la grand-mère dans un coin du salon. L'une a encore deux tasses de café dans les mains, tandis que l'autre tord nerveusement un torchon entre ses doigts.

— Excuse-moi ? s'indigne Lena, dont je vois les poings se serrer de plus en plus.

Sa figure est rouge comme une tomate et il me semble distinguer une veine palpitante sur son cou. Je crois que ce qui la met le plus en colère, c'est le fait que l'image idyllique de sa famille est en train de voler en éclats. Elle perd le contrôle. Moi aussi, ça me rend dingue.

— Laisse tomber, Tom, intervient William.

Mais pourquoi tient-il autant à couvrir son frère ? Si Thomas se mettait réellement en danger, je pourrais comprendre qu'il veuille le protéger, mais cette histoire n'est pas si grave. Ce n'est qu'un *coming out* et nous sommes au XXIe siècle, bon sang de bois ! Ce n'est pas comme s'il annonçait qu'il avait tué le voisin quand il avait dix ans.

— Non, ça va, rétorque Thomas, j'en ai assez de jouer à ces petits jeux, ça suffit. Maman, Scarlett n'est pas ma petite amie.

— Quoi ? s'écrie Lena, soudain interrompue dans sa colère. Pourquoi l'avoir prétendu, alors ? Pourquoi ce mensonge ? Je ne vous reconnais plus. Je n'ai pas élevé mes fils de cette façon. Non, vraiment pas.

— En fait, si, renchérit Thomas, sur un ton que je trouve soudain étrangement détaché de toute passion.

— Attention, à ce que tu vas dire ! le menace sa mère avec le plus grand sérieux.

— Tu nous mets tellement la pression, poursuit Thomas en soupirant bruyamment. Il faut toujours être parfait, toujours en accord avec ton image de carte postale, toujours à ta hauteur. Tu gères ton affection comme un instituteur distribue des bons points. Tu nous l'accordes si on fait ce que tu veux et tu nous la retires immédiatement, dès qu'on s'écarte de ton idée de la perfection.

— Je t'interdis de t'engager sur ce terrain-là, mon fils ! Ne me fais pas porter le chapeau de ton comportement. Je suis votre mère, il était de ma responsabilité de vous éduquer. Et je l'ai très bien fait. Ce qui arrive maintenant est forcément dû à une mauvaise influence. Ce ne sont pas tes paroles.

Heureusement que je ne me sens pas du tout visée…

— Ta mission était de nous éduquer, pas de nous étouffer d'un amour culpabilisant et impérieux. C'est facile pour toi de nous juger en adulte, mais tu oublies qu'on a été élevés dans ton culte. Il fallait à tout prix te plaire, nous n'avions pas le choix. Alors, on s'est tus toute notre vie, pendant que tu taillais à la hache les contours de notre enfance en éliminant tout ce qui dépassait et ne te plaisait pas.

— Je ne vous ai jamais terrorisés ou punis plus que de raison ! Vous jouez les victimes et vous vous servez de moi comme bouc émissaire.

Thomas lève les bras au ciel en signe d'agacement. William reste silencieux. Planté droit sur ses jambes, le visage fermé, il garde les bras croisés fermement sur sa poitrine.

— Tu ne veux rien comprendre ! se lamente Thomas. Tu ne m'écoutes pas, comme toujours.

— Oh ! bien sûr que si, je t'écoute. Je *t'écoute* depuis que tu es né. Tu te plains tout le temps, tu *geins* tout le temps. Quoi que je fasse, ce n'est jamais assez pour toi. La vérité, Thomas, c'est que tu es un enfant gâté. Tu n'as jamais connu ni le besoin ni la précarité. Tu es un privilégié, du coup, tu t'inventes des problèmes pour te rendre intéressant. Sauf que cette fois, je refuse d'entrer dans ton jeu.

— Je suis gay, maman.

Il y a un léger blanc qui ne dure guère. La grand-mère a préparé le terrain la veille, d'une certaine manière.

— Qu'est-ce que c'est encore que cette histoire ? demande Lena avec un mépris qu'elle ne cherche même pas à dissimuler.

— Je suis un gros pédé ! s'énerve Thomas. J'enfile des culs de mecs. J'encule tout ce qui passe, c'est plus clair comme ça ?

Un bruit cristallin de porcelaine qui se brise ponctue cette révélation. La tante vient de lâcher ce qu'elle avait dans les mains. Le visage de Lena se fige dans une expression sidérée. Elle n'aurait sans doute pas été plus choquée si on l'avait violemment giflée.

— Qu'est-ce que… que…, bafouille-t-elle, sans doute pour la première fois de sa vie.

— J'ai mis mon frère dans la merde et fait passer une fille adorable, qui ne voulait que m'aider, pour la pire des traînées, juste pour conserver un peu de ta foutue affection. Et je l'ai fait parce que c'est comme ça que tu m'as élevé. Que tu *nous* as élevés. Soyez de bons et sages petits garçons, sinon maman ne vous aimera plus. Foutu Œdipe, n'est-ce pas ?

Le silence envahit le salon. Je remarque que Kathy fixe le café qui s'est répandu sur le parquet, mais n'ose pas bouger pour l'éponger. Ça va sûrement laisser une trace et je me demande en quoi ça me regarde. Je fais volte-face. Ma sœur se tient juste derrière moi.

Nous filons dans la chambre d'amis et, une fois que la porte se referme, je lui ordonne presque :

— On fait nos valises et on s'en va. On attendra le ferry sur place.

— Tu es sûre que tu veux partir, maintenant ?

— Pourquoi, tu veux rester dans cette ambiance ?

— Non, mais ce n'est jamais bon de partir en pleine tension. Tu devrais peut-être parler à William.

— Ecoute, Mélie, tout ça, c'est... un peu trop compliqué pour moi. Je pense que la dernière chose que William veut, c'est se prendre la tête avec une fille qu'il a rencontrée il y a quarante-huit heures et qui est, d'une certaine manière, responsable d'un drame familial.

— Ce n'est pas ta faute.

— Je sais... c'est juste que... c'est trop compliqué.

— Ah, je vois.

Je la fixe. Son sous-entendu m'énerve parce que, comme d'habitude, je ne le comprends pas.

— Quoi ?

— Ça y est, on s'écarte du conte de fées et on rejoint la réalité, du coup ce n'est plus drôle. Les choses deviennent réelles.

— Je ne vois pas de quoi tu parles et ne me psychanalyse pas, s'il te plaît.

— Avec toi, ce n'est pas de la psychanalyse, c'est de la simple communication, tellement tu es prévisible. C'est compliqué, alors tu fuis.

— Tu as vu ce qui s'est passé, depuis hier soir ? Tu

n'as pas l'impression que ça devient un peu n'importe quoi, ici ?

— La vie, c'est « n'importe quoi ».

— On dirait une phrase Carambar.

— La vie, c'est souvent n'importe quoi, parce que les gens font n'importe quoi, persiste Mélie. C'est dans leur nature. S'ils ne le faisaient pas, on n'assisterait pas au pire comme au meilleur du genre humain. Précisément, ce qui fait notre histoire.

— J'appelle maman.

— Sache que c'est le pire changement de sujet que j'aie jamais vu. Je maintiens : tu fais une erreur.

— Eh bien, ce ne sera pas la première.

— Ce n'est pas parce que tu te mets dans une bulle que tu n'auras plus jamais mal. Tu vas avoir mal, Scarlett, encore et encore. Quoi que tu fasses, la mort de papa ne sera pas ta dernière blessure.

Je me fige. Ce qu'elle dit me frappe en plein cœur, et une sourde colère remonte si vite dans mes entrailles que j'ai l'impression qu'elle me submerge. Je serre les dents aussi fort que je peux pour ne pas dire quelque chose que je pourrais regretter. Ce qu'elle vient de déclarer me renvoie au jour de l'enterrement.

Il faisait beau. Tellement beau, que j'ai trouvé le temps odieux, impardonnable, compte tenu de ma peine. Toute la famille et les amis se trouvaient près de moi, en cercle sombre comme des corbeaux autour d'une pièce de viande. Je n'ai rien entendu du prêche, encore moins des paroles soi-disant réconfortantes de mes proches. Ce jour-là, je me suis emmurée en moi-même et je ne cessais de me répéter la même chose, en boucle. Ça m'aidait à tenir, et les mots appris par cœur et sans cesse répétés étaient pareils à une chanson rassurante qui disait : « Plus jamais. Plus jamais une telle douleur. Plus jamais. »

C'est venu petit à petit, sans que je fasse particulièrement d'effort. J'ai retiré de ma vie tout ce qui pouvait me faire du mal, tout ce qui pouvait m'atteindre et me rappeler la douleur qu'éprouve le cœur quand il saigne. Mélie a raison, encore une fois. Je ne tolère plus le moindre risque de complication dans les relations humaines. Et c'est sans doute la raison pour laquelle mon célibat, à peine troublé par quelques aventures sans lendemain, m'allait très bien jusque-là. Jusqu'à William, dont le véritable crime est d'avoir fait vibrer ma petite corde sensible, celle que j'avais juré ne plus vouloir entendre. Le risque est toujours trop grand qu'elle ne se brise.

— Tout finit par passer, Scarlett, même ça, déclare ma sœur sur un ton infiniment doux et tendre. Sans peine, il n'y a pas de joie.

— Sans joie, il n'y a pas de peine…

— La mort de l'âme, en somme, conclut-elle avec une effrayante lucidité.

Nous restons un instant muettes, le regard perdu dans celui de l'autre. Puis un énième éclat de voix, dont nous ne comprenons pas le sens, nous tire de notre contemplation. Je me saisis de mon téléphone et j'appelle ma mère. Quand elle me répond, je l'entends assez mal et je dois me répéter à plusieurs reprises. Je lui annonce que nous nous rendons au ferry et que nous serons bientôt à la maison. Elle répond quelque chose que je ne comprends pas. Elle a l'air joyeuse, c'est la fin du calvaire, ses filles rentrent. J'essaie de communiquer avec elle, avant de lui dire que je l'entends décidément trop mal pour poursuivre.

— Maman, redis-moi… quoi ? Enfin, où est-ce que tu te trouves, dans un tunnel ? Quoi ? Un métro ? Maman, il n'y a pas de métro à Saint-M… Comment ça, tu n'es pas à Saint-Malo ? Saint-Pancras, le Saint-Pancras de Londres ? Q… Quoi ? Allô ? Allô !

La communication est brusquement coupée. Je reste bouche bée. Ma sœur me tapote l'épaule comme pour faire repartir le mécanisme.

— Tout va bien ? demande-t-elle.

— Maman est à Londres. A la gare de Saint-Pancras.

— Merde !

Pas mieux.

Chapitre 15

J'ai rappelé ma mère. D'une part pour vérifier que j'avais bien compris, ce qui me paraît toujours surréaliste, d'autre part pour lui dire de ne pas bouger de là où elle se trouve et qu'on venait la chercher.

Le fait est que rien n'arrête une mère, surtout quand elle est italienne et quand il s'agit de ses enfants. Rien, pas même des aéroports bloqués par une tempête de neige, n'aurait pu l'empêcher de nous rejoindre. Je l'ai toujours crue investie de superpouvoirs dont elle se sert discrètement pour ne pas être embêtée par des questions anecdotiques de sauvetage du monde.

Au second appel, elle essaie de me faire croire que, côté France, il y avait encore quelques places dans le premier Eurostar de la matinée. Genre. Elle a utilisé ses superpouvoirs, un point c'est tout. Ni une ni deux, donc, elle m'explique qu'elle est montée la veille chez une cousine habitant sur Paris, puis s'est tranquillement présentée gare du Nord à 5 heures du matin.

J'hallucine…

— C'est hallucinant, confirme Mélie tout haut. Mais pourquoi ne nous a-t-elle pas prévenues hier ?

— Je n'en sais rien ! Sans doute pour ménager son effet de surprise. Un peu comme : « Ah ! Vous ne l'avez pas vue venir, celle-là ! »

— Finalement, ce n'est pas une si mauvaise chose.

— Ah oui ? Tu te rends compte qu'elle n'a jamais pris l'Eurostar ? A la gare du Nord, à 5 heures du matin ? Il aurait pu lui arriver n'importe quoi.

— Comme quoi ?

— Ben… je… je ne sais pas ! Elle aurait pu se faire agresser, par exemple.

— Et elle aurait probablement gagné.

— Quelle galère, mais quelle galère…

J'attrape des vêtements que j'enfile à la hâte, sans trop me soucier de les coordonner.

— Respire, Scarlett.

— C'est ce que je fais.

— Non, tu es toute rouge.

— Je…

On toque soudain à la porte, ce qui me coupe la respiration. Je déglutis un peu trop bruyamment. Mélie s'apprête à ouvrir, alors que je lui mime un énorme « non » avec la bouche et les mains.

— Mais quoi ? murmure-t-elle. Tu crois vraiment qu'ils vont penser qu'on s'est volatilisées ?

Pourquoi pas ? Au point où on en est !

Ma sœur ouvre finalement et Thomas en profite pour entrer. Je me sens étonnamment soulagée que ça ne soit pas William. Et déçue à la fois. Ma cohérence psychologique s'améliore sans aucun doute.

— Je… je voulais savoir si tout allait bien ? demande-t-il, gêné.

— Oui. Notre mère est arrivée à Saint-Pancras, on va la chercher, déclare ma sœur comme si elle passait un entretien d'embauche.

Mélie, des fois, tu ne peux pas la boucler ?

— Votre mère ? Comment a-t-elle fait pour arriver à Londres ?

— En volant sur son balai, ne puis-je m'empêcher de répliquer, sur un ton blasé.

— Elle est déjà venue ?

J'enchaîne, tout en cherchant mon sac dans toute la chambre :

— Non, elle ne voyage jamais. Je ne sais même pas comment elle a fait pour arriver jusqu'ici. On va aller la récupérer et essayer de trouver un hôtel, ou reprendre une place sur le ferry, je ne sais pas.

Thomas me prend par les épaules au moment où je passe à sa portée. Ça m'arrête immédiatement dans mon élan.

— Hé, Scarlett, je suis vraiment *sincèrement* navré de ce qui s'est passé. Tout est ma faute, j'ai joué un jeu stupide et cruel qui vous a mises, ta sœur et toi, dans l'embarras. Mais tout est arrangé.

— Ah oui ?

Mon regard doit en dire long sur mon scepticisme.

— Disons qu'on est en train d'arranger les choses.

— Ah oui ?

— *Disons* que mon frère *finit* d'arranger les choses, corrige-t-il, un peu penaud. Il est hors de question qu'on vous laisse errer dans Londres avec vos bagages et votre mère. On va aller la chercher en voiture et si vous tenez absolument à loger à l'hôtel ce soir, on en cherchera un bien tranquillement ici.

Nous marquons un silence lourd de réflexion. Je suis très partagée et il sent mon hésitation.

— Très bonne idée ! répond Mélie.

A cet instant, j'ai très envie d'étrangler son joli petit cou. J'essaie de me sortir maladroitement de là.

— Je ne crois pas que ce soit une bonne idée, Mélie. Je veux dire, on a mis une sacrée pagaille, c'est très gênant. Vraiment.

— Je sais, reconnaît Thomas. Encore une fois, si je n'avais pas inventé toute cette histoire, les choses seraient différentes. Laissez-moi rattraper le coup. Il n'y a pas de raison que vous partiez comme des voleuses, alors que vous n'avez rien fait et que je suis le seul à blâmer. Et puis, William me mènerait la vie dure, si jamais je vous laissais faire.

Je soupire et hausse les épaules, avant de poursuivre :

— Je ne suis pas sûre que ça gênerait tant que ça William qu'on s'en aille et que tout redevienne calme.

— Tu te trompes, il est très en colère contre notre mère et s'il l'est autant, c'est parce qu'elle s'en est prise à toi.

— Moi je crois que c'est *toi* qui te trompes.

— D'accord, alors pourquoi est-il en ce moment même dans la cuisine en train de faire la leçon à notre mère pour qu'elle vienne te présenter des excuses ?

S'il n'en avait rien à faire, crois-moi, il s'économiserait ce bras de fer !

— Oh ! ça n'a rien d'exceptionnel, Scarlett se trompe tout le temps, dès qu'il s'agit de comprendre les interactions humaines, précise Mélie en posant une main complice sur le bras de Thomas.

— Alors, il n'y a plus de problème ! Nous allons chercher votre mère, nous la ramenons ici et pour le reste, on avisera. Et puis, personne ne voudrait manquer la scène suivante.

— « La scène suivante » ?

Mais pourquoi tu l'ouvres, sérieux ?

— Celle où j'annonce à ma mère que mon petit ami est juif, bien sûr.

Chapitre 16

Quand nous débarquons dans l'escalier, nous tombons nez à nez avec William et sa mère qui le suit de près. Nous sommes alors frappés par une seconde interminable de gêne dont je ne saurais décrire avec précision l'intensité.

— Vous partez ? demande William avec une expression aussi étonnée que contrariée.

— Leur mère a trouvé le moyen d'arriver jusqu'à Londres et elle les attend à la gare de Saint-Pancras, explique Thomas. Je leur ai proposé d'aller la récupérer en voiture.

— Bien entendu, s'empresse d'approuver William. Passons par l'escalier qui mène au garage.

J'ignore pourquoi, mais je me dépêche de protester :

— Non, je ne veux pas déranger. Thomas peut très bien nous conduire, inutile que tout le monde se déplace.

— Thomas ne conduit pas, répond William que je sens de plus en plus crispé.

— Ah.

Numéro un dans mon top dix des réponses super intelligentes.

— Cela étant, tu as raison sur un point : inutile qu'on y aille tous, lance soudain Mélie, à mon grand étonnement. Allez-y, William et toi. Pendant ce temps, je reste ici et je consulte Internet pour nous trouver un hôtel. Je suis certaine que Lena acceptera de m'aider.

Ma sœur et ses frappes chirurgicales ! Parfois... non, souvent, Mélie est mon héros.

— Bien entendu, répond Lena de façon à peine audible.

William m'attrape la main et m'attire dans le fond du couloir. Ce simple contact me réchauffe tout le corps et me rappelle, bien malgré moi, la force de notre étreinte de la nuit précédente. Je ne peux m'empêcher de serrer les doigts autour de sa main et il me semble qu'il fait de même. Mon cœur bat plus vite et j'aurais aimé me coller brutalement à lui afin que nous recommencions notre danse. Je me serais emparée de ses lèvres, les aurais dévorées, tandis qu'il m'aurait sauvagement débarrassée de mes vêtements. Mais je m'égare sans doute un tantinet...

Nous traversons une petite pièce étroite qui sert de débarras, puis nous arrivons dans le garage où se trouve une voiture noire. Je n'y connais pas grand-chose en véhicules, mais c'est une grosse berline. Je m'installe côté passager, non sans m'être d'abord trompée de côté — je ne me ferai jamais au sens de leur conduite. Nous sortons lentement dans la rue, déserte à cette heure-ci. Il n'a pas reneigé durant la nuit, si bien que la voie est encore dégagée de la veille. J'ignore combien de temps nous restons silencieux. Il y a de la tension entre nous, cependant je ne saurais dire si elle est bonne ou mauvaise. Je crois que ni lui ni moi ne savons réellement comment entamer le dialogue, après toutes ces émotions et ces rebondissements.

Je crains surtout de le braquer, de rompre définitivement ce lien que j'ai ressenti, la nuit dernière. La magie a été si brutalement interrompue que j'ai peur qu'on ne puisse plus la recréer. Tant qu'aucun de nous ne parle, le doute et l'espoir courent encore. En fait, la solution est assez simple : nous n'avons qu'à ne plus jamais nous adresser la parole et tout ira bien.

Bien entendu, je sais que c'est impossible et qu'il faut se lancer. Alors, je préfère le faire la première et de la seule façon que je connaisse, c'est-à-dire…

— Sacré réveil.

… mal.

— Scarlett, commence-t-il d'une voix grave que je trouve terriblement sensuelle, je suis désolé de ce qui s'est passé. Le spectacle de ce matin… Ce qu'a dit ma mère, c'était inacceptable.

— Non, je t'en prie, tout va bien.

En réalité, tout ne va pas si bien, mais j'apprécie réellement ses excuses.

— Je pense que tu as remarqué que j'avais une histoire familiale un peu compliquée.

— A peine…

Il sourit.

— Il y a des choses que j'aurais dû régler depuis

longtemps, poursuit-il, et j'aurais pu alors éviter cette scène et, surtout, éviter que tu t'y trouves mêlée malgré toi.

Je laisse filer un instant de silence qui me permet d'ordonner mes pensées et mes mots.

— J'ai trouvé remarquable que tu aies continué de protéger ton frère, quand ta mère a cru que nous l'avions trahi. Vous avez un lien très fort.

Je suis particulièrement fière de la manière dont j'ai tourné mes interrogations quant à sa réaction, qui m'a semblé un peu excessive. Mais la surprise que je lis sur son visage me fait vite douter.

— C'est mon frère, répond-il sur un ton d'évidence, sûrement censé tout expliquer. J'imagine que si ça avait été ta sœur, tu aurais réagi de la même façon.

J'hésite. Pas assez longtemps.

— Eh bien, pour être honnête, pas tout à fait.

Je sens que c'est une mauvaise idée, je *sais* que c'est une mauvaise idée. Cela étant, ne pas vouloir lui déplaire ne doit pas changer qui je suis ni ce que je crois. Car si quelque chose doit durer entre nous, cela doit s'appuyer sur l'honnêteté et la franchise.

— Je pense que le mensonge est toujours une mauvaise idée et, plus encore, quand ce mensonge implique d'autres personnes. Il me semble que j'aurais eu une conversation avec Mélie et que je lui aurais dit que c'était mal de m'entraîner dans son mensonge et davantage d'entraîner un inconnu. Mais je reconnais que c'est compliqué quand on n'est pas confronté à ce genre de situation.

Les mains de William se crispent légèrement sur le volant. Je viens de toucher une corde sensible et j'ignore laquelle. C'est comme si tout ce qui touchait à son frère était opaque, comme si un secret les liait tous les deux, au-delà de toute rationalité.

— Tout n'est pas toujours aussi blanc ou noir, tout n'est pas *toujours* aussi simple.

Ce qu'il dit sonne comme une fin de non-recevoir. Il clôt la conversation de façon fort polie, tout autant que claire. Un sentiment de malaise m'envahit. Je pense que la magie vient de mourir. On a raté la fin de la formule, on n'a pas prononcé les bonnes incantations, et tout est retombé.

Peut-être que tout n'était qu'illusion. Des circonstances exceptionnelles, un contexte singulier, une parenthèse qui a créé un semblant de sentiment. Un vide immense creuse mon estomac et, sans le vouloir, je me tasse sur moi-même. Je pense qu'il le remarque, car il se sent obligé de reprendre la conversation.

— C'est la première fois que ta mère vient à Londres ?

Le fameux *small talk* anglais. Cette façon courtoise et indifférente d'entretenir un semblant de conversation mondaine, totalement désincarnée et vide de sens. Chacun de ses mots est comme une lame de rasoir. J'aimerais le secouer, lui hurler dessus pour qu'il envoie balader sa retenue et qu'il crie, qu'on s'engueule, qu'on se fâche et qu'on avance ! Les Britanniques et leur maudit contrôle ! Je serre les dents pour cacher ma frustration et je joue le jeu.

— Non, jamais. J'avoue que j'ai été très surprise quand elle m'a dit où elle se trouvait.

— Elle semble une femme pleine de ressources, je comprends de qui tient sa fille.

Je souris légèrement, mais préfère éviter son regard. Je *préfère* que tout ceci se termine vite, plutôt que de me noyer dans cette sorte de gêne gluante à laquelle nous n'arrivons pas à mettre fin et dans laquelle nous nous embourbons.

Nous restons silencieux le reste du trajet. Nous arrivons enfin, laissons la voiture sur le parking de Saint-Pancras et j'appelle ma mère afin de la rejoindre. J'ai toujours aimé cette gare. Son extérieur ressemble à un immense château magique, comme ceux des contes de fées, avec ses pierres rouges, et l'intérieur est aéré et spacieux. En temps normal, j'aurais flâné dans ces lieux et offert à ma mère un bon chocolat chaud dans l'une des nombreuses boutiques de la galerie marchande. Mais je ne suis pas d'humeur légère. J'ai pourtant intérêt à prendre sur moi sinon, au premier regard, ma mère comprendra que quelque chose ne va pas et la séance d'interrogatoire commencera immédiatement après.

Nous errons un peu, les explications de ma mère consistant en un vague « je suis à côté d'une sorte de borne », avant de lui mettre enfin la main dessus. Je me précipite vers elle en la serrant dans mes bras. Avec Mélie, elle est tout ce qui me reste de notre famille et, chaque fois que je la vois si petite, si fragile, mon souffle se crispe durant une seconde d'angoisse avant de reprendre un rythme normal.

— Maman, tu es folle ! Tu n'aurais pas dû nous rejoindre, alors que je t'ai dit que nous allions prendre un ferry.

— Un bateau, en pleine mer, avec le temps qu'il fait ? Et c'est toi qui me traites de folle ? Il est hors de question que mes filles s'embarquent dans ces boîtes à sardines surpeuplées !

— Maman, c'est un ferry, pas un boat people.

— Ne contrarie pas ta mère, je viens de loin.

Comme si, parfois, on avait le droit de la contrarier. Je m'écarte et lui présente William de la façon la plus détachée que je puisse.

— William est la personne dont je t'ai parlé, qui a eu la gentillesse de nous héberger, cette nuit. Il a accepté de me conduire ici et propose que nous nous rendions chez lui afin de voir comment organiser notre retour.

Précis, sans passion, propre, impeccable.

— N'en fais pas trop, ma fille, je vais bien me conduire. Enchantée, William, vous n'avez pas du tout la tête d'un Anglais.

— C'est sans doute parce que je suis un quart français par ma grand-mère, répond-il avec un sourire parfait.

— C'est une excellente chose ! Ce sera plus facile pour se comprendre, conclut ma mère.

Là, je voudrais mourir un peu.

Chapitre 17

Le trajet de retour a été le plus long que j'aie jamais vécu. J'ai retenu ma respiration chaque fois que ma mère a ouvert la bouche. Il n'y a jamais eu aucun filtre entre sa pensée et sa parole : elle dit toujours ce qui lui passe par la tête, fait toujours ce qu'elle dit, et pense tout ce qu'elle verbalise. Aucun filtre. A cela, il faut ajouter le fait qu'elle est pleine de superstitions et d'idées reçues sur tout, particulièrement sur les sujets qu'elle ne connaît pas. C'est une personne profondément gentille et tournée vers son prochain, et c'est bien le problème. Elle a toujours à cœur de l'aider et de lui donner son avis pour améliorer son quotidien. Qu'il l'ait sollicité ou pas.

Heureusement, William joue merveilleusement son rôle. Il est poli, mais sans trop en faire, naturel tout en étant parfaitement mesuré, et il manie même le sarcasme avec assez de talent pour que ma mère trouve ça distrayant. Je suis certaine que si nous continuons à nous voir, il deviendra son chouchou.

Je ne suis cependant pas totalement dupe. J'observe ses réactions et je l'ai assez fait depuis deux jours pour reconnaître la plupart de ses expressions. Je sais qu'il s'amuse beaucoup de me voir aussi gênée et peut-être qu'il trouve la franchise de ma mère rafraîchissante. Elle est pour ainsi dire l'exact opposé de Lena : chaleureuse, directe, sans compromis, sans faux-semblant. J'aurais pu trouver leur rencontre savoureuse et même apprécier que tout se passe aussi bien entre eux, mais je ne peux m'empêcher de me dire que si demain nous n'avons plus de contact, ma mère me rappellera régulièrement ma rencontre avec lui. Ce sera sans y penser et de façon anodine, au détour d'une conversation. « Tu te rappelles ce garçon que tu avais rencontré à Londres, quand vous y êtes restées coincées, Mélie et toi ? Comment s'appelait-il déjà ? Il était charmant. Je ne sais pas pourquoi vous ne vous êtes plus jamais revus. » Vous voyez le genre ?

La dernière chose qu'on souhaite, c'est de faire entrer quelqu'un dans sa famille quand on est presque sûr qu'il va s'empresser de s'enfuir, les jours suivants.

Nous sommes revenus chez William, et ma mère commente à présent chaque parcelle de pierre qu'elle peut apercevoir de la façade. S'il ne savait qu'il vit dans un quartier chic et que sa maison en impose, maintenant il ne peut plus l'ignorer.

— Scarlett me dit toujours que les maisons anglaises se ressemblent toutes et qu'elle se demande comment les Anglais font pour ne pas se tromper d'entrée, quand ils rentrent chez eux soûls. Mais nous venons de remonter la rue et moi, je ne trouve pas qu'elles se ressemblent.

Je suis en enfer...

— Maman...

— Scarlett n'a pas complètement tort, répond William, certaines façades sont effectivement identiques. Heureusement, nous avons une grande habitude de l'ébriété, et on fait confiance à nos réflexes.

— J'aime bien ce garçon, Scarlett, sois gentille avec lui. Je suis sûre que Mélie a déjà dû te le dire, non ?

— Je vais t'aider à descendre de la voiture.

Cette nuit, crois-moi, j'ai été très gentille.

William et moi montons les affaires de ma mère dans le salon. Mélie vient nous accueillir en haut de l'escalier. D'un geste toujours aussi brusque, ma mère saisit les épaules de ma sœur et lui imprime un baiser bruyant sur la joue. Mélanie est comme la plupart des chats. Elle a l'air de détester qu'on la touche ou qu'on la câline de prime abord, mais une fois qu'on lui tombe dessus, elle se laisse faire et apprécie, même si elle ne veut pas le reconnaître.

Quand ma mère se retrouve au milieu du salon et des autres convives, son visage prend une expression que je ne connais que trop bien. J'ouvre la bouche pour l'empêcher de parler, mais c'est déjà trop tard.

— Eh bien, quelle ambiance funèbre ! Qui est mort ?

— Maman... ils parlent tous français.

Chapitre 18

J'ignore par quel étonnant miracle, mais une heure après notre retour de Saint-Pancras, tout le monde discute calmement dans le salon. Thomas a lourdement insisté pour que nous restions pour le repas de Noël de ce midi. Il l'a fait si poliment qu'il aurait été inexplicable aux yeux de ma mère de ne pas accepter l'invitation. Et la dernière chose que je veux, à ce stade, c'est expliquer à ma mère tout ce qui s'était passé depuis ce matin.

Lena me tourne assez peu subtilement autour. Je crois qu'elle veut me parler en tête à tête et je n'en ai aucune envie. Les excuses qu'elle pourrait me faire sont en réalité celles de William et j'en ai soupé de son hypocrisie. Alors je l'évite soigneusement, ce qui, pour un observateur, doit donner l'impression d'un drôle de ballet : une passe à droite de la table, un pas sur le côté, un tour sur moi-même derrière le canapé...

Mélie nous a trouvé un petit hôtel à Hammersmith. Ce n'est pas extraordinaire, mais tout est complet sur Londres. Nous décidons finalement de rester encore quelques jours pour montrer à notre mère ce qui fait la magie de cette ville. Nous espérons ensuite que tout sera redevenu normal et que nous pourrons tranquillement rentrer en avion sur Paris. Sur le papier, ça ressemble à la perfection, pourtant, j'ai toujours l'impression d'être dans une dimension parallèle, avec ce goût persistant dans la bouche, un goût de malaise et de déséquilibre.

Lizzie parle beaucoup avec ma mère. Cela ne me surprend pas. Elles ne sont pas de la même génération, cependant je crois qu'elles partagent la même sorte de bizarrerie, qui entre en résonance quand elles communiquent. Il me semble avoir entendu la grand-mère de William parler de son amour perdu et de sa bisexualité dissimulée tout au long de sa vie. Ce à quoi ma mère a répondu ce qu'elle répond toujours quand on aborde l'épineux sujet de la sexualité : « La plupart des hommes ne sont bons qu'à monter des meubles Ikea et, du moment qu'on n'a pas besoin de meubles Ikea, on peut se passer de *la plupart des hommes.* » Elle a toujours eu la métaphore pratique et terre à terre.

A 10 heures, je descends à la cuisine pour voir si je peux commencer à préparer quelques petites choses. Je m'éclipse plutôt discrètement et j'espère pouvoir passer un moment seule. Je ne sais toujours pas quoi penser de tout ça. Je me surprends à échafauder toutes sortes de scénarios sur la façon dont ça va se terminer. William et moi nous promettrons sûrement de rester en contact, de nous appeler au plus vite et de nous revoir dès que possible. Ce sera peut-être le cas les premiers jours et puis, le souvenir de l'incident, des regards gênants, des silences embarrassés entachera l'idylle naissante et, au final, nous choisirons sans doute la facilité. *Je* choisirai sans doute la facilité. Celle qui évite de réfléchir, de se remettre en cause et de prendre des risques.

— Je ne dérange pas ? demande William, qui se tient dans l'embrasure de la porte.

— Eh bien, je fais des choses très importantes, cruciales même, mais je vais faire un effort.

Il s'avance et vient s'asseoir sur un coin de table, juste derrière moi. Je mets un point d'honneur à poursuivre la tâche que je suis en train d'effectuer : éplucher des pommes de terre.

— Ta mère a une sacrée personnalité. Ma grand-mère et elle sont sur le point de devenir les meilleures amies du monde et je n'arrive pas encore à déterminer si c'est une bonne ou une mauvaise chose.

Je souris, car je retrouve le sarcasme qui m'a séduite chez lui et cette façon de jouter pour enrichir l'atmosphère.

— Une mauvaise. Leurs super pouvoirs vont se cumuler.

Un léger frisson court sur ma nuque et je sais qu'il est tout près de moi. Je ralentis mes gestes et me concentre sur mes sens, attendant un contact. Nous cessons de parler ; l'air se charge d'électricité. La température monte en moi et je n'ai qu'une envie : me retourner pour me coller à lui. Excepté que je trouve infiniment plus sensuel de faire monter le désir. Il doit penser de même, car il met un temps considérable avant de poser les mains sur moi. Finalement, il enserre mes épaules, puis descend le long de mes bras, bifurque sur mes hanches et s'empare de ma taille, collant mes fesses contre son bassin. Je laisse filer un profond soupir et lui attrape les bras. Je penche la tête en arrière en lui offrant mon cou. Il profite de l'invitation et, bientôt, ses lèvres couvrent ma peau, la cajolent, la mordillent. Je suis loin de lui être indifférente : son désir pousse contre moi et me flatte. Je me mets à onduler lentement, tandis que son souffle se fait plus bruyant à mon oreille. Ses mains s'aventurent sur mon ventre, puis empoignent mes seins. Je lève les bras pour glisser mes doigts sur son cou. Le vertige est le plus fort, je fais soudain volte-face pour me jeter sur lui. Je lui saisis la nuque et m'empare de ses lèvres avec une fougue qu'il me rend aussitôt. Je remonte ma cuisse contre la sienne et il plaque ses mains sous mes fesses pour me soutenir. J'aime sa puissance et le fait qu'il réponde à mes caresses en écho, d'instinct, qu'il les anticipe même. Il se cale sur mon rythme avec une facilité qu'on imaginerait plutôt née de plusieurs années de liaison.

Nos bassins s'impatientent, tandis que nos corps roulent l'un contre l'autre. Je perds tout contrôle, lui aussi. Il me bouscule contre l'évier. L'éplucheur ainsi que la planche à découper dégringolent par terre en faisant un grand bruit qui ne nous trouble pas plus que ça. J'enfouis mon visage contre son cou et mes ongles dans ses cheveux. L'étreinte devient totalement incontrôlable et si aucun de nous ne fait quelque chose, je risque de perdre à nouveau ma dignité sur la table de la cuisine. Finalement, je parviens à m'extraire de ses baisers et de ses caresses en désolidarisant nos corps. Je me serais bien mis la tête directement sous le robinet d'eau froide, mais la perspective des explications que j'aurais à donner à tout le monde suffit à calmer ma libido.

William, lui, est à bout de souffle. Il se passe les mains sous l'eau, puis dans ses cheveux. Les coupes courtes peuvent supporter l'effet mouillé sans que ça paraisse suspect.

— Au fait, finit-il par me dire, tu as oublié ton manteau dans la voiture.

Je réfléchis une seconde.

— Non, mon manteau est accroché dans le vestibule.

— Absolument pas, il est dans la voiture, dans le garage, insiste-t-il, en plantant ses yeux brillant de malice dans les miens.

Je mets encore une bonne minute avant de comprendre l'allusion et le plan.

— Oh ! mais oui, c'est exact ! *Mon manteau est dans la voiture, dans le garage.*

— *Gosh*, j'ai cru que j'allais devoir te le mimer.

— J'aurais adoré voir ça et...

Des pas descendent dans l'escalier.

— Il faut vraiment que j'arrête de recevoir du monde chez moi, lâche William en levant les yeux au ciel.

Sa tante pointe le bout de son nez, en s'excusant avant même de mettre un pied dans la cuisine. Elle a toujours l'air d'être convaincue de ne pas être à sa place. On dirait qu'elle s'attend toujours à ce qu'on la congédie. C'est le genre de personne qu'on imagine aisément dans le rôle de la victime, comme si c'était dans sa nature. Si on enquêtait sur son meurtre, personne ne serait étonné qu'elle ait fini de la sorte. Son mari n'a probablement même pas eu conscience de faire quelque chose de mal en la trompant, tant son comportement appelle l'agression. Elle ressemble si peu à Lena, que c'est à se demander si l'une d'elles n'a pas été échangée à la maternité.

— Désolée de vous déranger, annonce-t-elle, mais ils commencent à montrer des signes de faim. Est-ce qu'il reste quelques amuse-bouches d'hier soir, le temps qu'on fasse réchauffer le dîner ?

William et moi échangeons un regard complice et dépité. L'exploration de la voiture pour trouver mon manteau fantôme n'est pas pour tout de suite.

— Il y en a dans le frigo, répond-il en ouvrant la porte et en lui désignant deux plateaux recouverts d'un film protecteur.

Kathy nous gratifie d'un sourire discret avant de remonter au salon, les bras chargés. L'instant sensuel étant passé, je m'affaire à nouveau à éplucher mes pommes de terre. Je me rends bien compte qu'une attirance physique totale et puissante ne fait pas une relation et je réalise dans le même temps que je n'ai absolument pas envie de ça avec William. Je voudrais que ce soit moins banal qu'une affaire de sexe. Je voudrais que ce soit *exceptionnel*. Mais pour ça, il faut que je creuse sa personnalité et qu'on tisse des fils entre nos âmes. En temps normal, bien que je n'aie jamais vraiment su en quoi consistait exactement ce fameux *temps normal*, il aurait fallu laisser faire les choses et voir venir. C'est sans compter la capacité de mon cerveau à tourner en accéléré et qui se délecte de l'ascenseur émotionnel de ce singulier Noël.

Je pourrais hésiter une seconde, mais même pas. Je prends mon élan et je jette le pavé dans la mare.

— William, je ne voudrais pas paraître indiscrète…

Je prends soudain conscience de la profonde stupidité de cette phrase.

— Chez nous, quand on dit ça, c'est qu'on va précisément l'être, remarque-t-il fort justement.

— En France, c'est pareil. Du coup, je ne sais pas trop à quoi sert cette expression.

— A laisser le temps à l'autre de trouver une esquive.

— Sans doute.

On laisse traîner un blanc.

— Je n'esquive pas, précise-t-il avec son flegme habituel, un brin froid.

— Je vois.

— Allons-y, alors.

— Tout à l'heure, quand nous étions dans la voiture, j'ai eu l'impression de toucher un point très sensible quand j'ai parlé de ta relation avec ton frère. Ça m'a laissé comme un arrière-goût de malaise. J'ai eu l'impression d'avoir fait quelque chose de mal et de t'avoir froissé, sans comprendre pourquoi. Est-ce que j'affabule complètement ?

Ses grands yeux noirs semblent me renvoyer le fond de l'abîme. Cette fois-ci, je ne sens aucune contrariété, plutôt une distance calculée qui émane instantanément de lui. Je comprends soudain que cette retenue qu'il brandit dès qu'on aborde des sujets intimes n'en est en fait pas une. Il s'agit d'un mur de forteresse, d'une citadelle qui se dresse dès que je m'approche trop de ses fenêtres. Je ne connais que trop bien ce genre d'architecture psychologique. Je sais qu'elles peuvent coûter une relation et que, parfois, leurs propriétaires ne parviennent jamais à en ouvrir les portes.

Pourtant, il choisit de me répondre.

— Quand nous étions plus jeunes, l'enfant modèle, c'était Thomas, pas moi. Je supportais infiniment moins bien que lui la tyrannie de notre mère. J'étais un petit garçon en colère et je mettais un point d'honneur à faire tout ce que je pouvais pour contrarier ma famille. Comme Thomas était de loin le préféré, il lui est souvent arrivé d'endosser l'une de mes nombreuses bêtises, parce qu'il savait qu'il risquait bien moins le courroux de Lena que moi.

Il s'arrête un instant pour reprendre sa respiration ou chercher ses mots, je ne sais pas trop.

— Un jour, je suis allé plus loin que d'habitude. Nous avions environ douze ans et j'avais eu une terrible dispute avec ma mère. Une de plus. Je n'avais jamais été autant hors de moi. Alors, je suis entré dans le grand salon et je m'en suis pris à ce qui avait le plus de valeur aux yeux de ma mère : sa collection de bibelots Lalique. Une vraie fortune qui lui venait de sa famille. J'ai voulu renverser la vitrine. Mon frère s'est interposé, il savait ce qu'il allait m'en coûter. Je me souviens que son meilleur ami d'enfance, le fameux garçon dont la famille résidait à Liverpool et qu'à l'époque Lena tolérait encore, nous a rejoints. Bref, s'est ensuivie une dispute entre Thomas et moi et, au final, j'ai réussi à faire tomber la vitrine. Elle s'est brisée en une multitude de morceaux.

Je fais d'énormes efforts de réflexion afin de comprendre en quoi cette histoire a un lien avec leur relation fusionnelle et pourquoi le simple fait d'évoquer ces événements a l'air de le perturber autant. Je garde le silence et continue d'observer son visage qui semble se briser par endroits. J'ai l'impression que plusieurs longues secondes s'écoulent avant qu'il n'achève son récit.

— Sauf que ma stupidité, reprend-il en soupirant, n'a pas uniquement brisé cette maudite vitrine. En essayant de m'en empêcher, mon frère s'est trouvé sous sa trajectoire. Elle lui est littéralement tombée dessus. Il a pris un mauvais éclat dans l'œil, ce qui lui a irrémédiablement abîmé la rétine. Il n'y voit presque plus de cet œil. Quand mes parents ont débarqué peu après, Thomas a dit que c'était son meilleur ami qui, en courant trop vite, avait glissé et renversé la vitrine. Si ma mère avait su que c'était moi, le semblant de cocon auquel Thomas tenait tant et qui soudait au moins en apparence notre famille aurait volé en éclats. En accusant quelqu'un d'extérieur, le clan faisait preuve de solidarité contre l'adversité. Ça n'a pas été bien plus loin que l'expulsion immédiate de ce garçon hors de la maison. Thomas ne l'a plus jamais revu. C'était son premier amour et j'ai toujours pensé que c'était aussi le plus fort.

A la fin de l'histoire, je reste sans voix. Malgré moi, je suis submergée d'émotion. Je sens un profond sentiment de révolte gronder dans mes entrailles. Comment des parents peuvent-ils à ce point infliger autant de mal-être à des enfants, sans jamais s'en rendre compte ? Devant moi se tient un homme dont la force intérieure ne fait aucun doute, dont la volonté ne fait aucun doute. Mais je l'imagine à cinq ans, puis à dix, puis à douze, à l'instant même où l'âme est la plus tendre, et j'essaie de me représenter la solitude et la colère qui ont dû être les siennes durant toute son enfance. Je visualise la culpabilité et le fardeau qu'il a dû ressentir après cet accident. Et soudain, des images assaillent mes paupières. Je revois l'attitude anormalement effacée du père, l'angoisse permanente d'exister de la tante, le mensonge de Thomas qui m'a paru tellement ridicule à notre époque et la froideur de William chaque fois que son regard se pose sur Lena. Elle est comme le cœur d'un cyclone, parfaitement calme en apparence, tranquille, inoffensive, mais autour d'elle, de violentes rafales tourbillonnent en emportant, broyant et arrachant tout sur leur passage.

Je m'approche de lui et glisse la main sur son épaule, avec la plus grande des tendresses.

— Je suis désolée. C'était bien trop tôt pour vivre ce genre d'épreuves.

Il m'attire à lui et me serre. J'ai l'impression que c'est la première fois, tant le geste est différent. La pression est intense, mais chargée de bien plus d'émotion que de désir. Je lui embrasse doucement le front. Nous restons lovés l'un contre l'autre de longues minutes sans plus rien dire. Puis il finit par me lâcher et reprendre le contrôle. Comme il a l'air disposé à la confidence, je décide de lancer un autre sujet qui me hante depuis un moment.

— Comment ça…

Je cherche la façon de tourner ma question, ce qui, en général, n'est pas très bon signe.

— Comment ça se passait entre ta mère et ta femme ?

Je peux presque entendre le bruit de l'obus qui s'écrase. Fort. Très fort.

J'essaie de nuancer.

— Ça manque un poil de transition, peut-être…

Il laisse échapper un léger rire.

— C'est un peu raide, mais je suis souple. Eh bien, contre toute attente, ça s'est toujours bien passé. Mon épouse était issue de la haute bourgeoisie. Nos deux familles avaient des connaissances en commun. Quand ma femme était chez Lena, elle devenait le genre de personne que ma mère a l'habitude de fréquenter. Ça ne durait jamais assez longtemps pour nous demander trop d'efforts et ça suffisait à ma mère pour la considérer comme la belle-fille idéale. Quand elle est morte, ma mère a été tout autant inconsolable que moi et a juré ses grands dieux que plus jamais une femme ne serait à la hauteur de celle que la mort venait de transformer en sainte. Si elle avait pu se douter de ce que ma femme pensait réellement d'elle ! Quand Maddie est partie, il y avait tant de douleur et de dévastation autour de moi que je n'ai rien dit.

Il sort un verre, puis se sert de l'eau. Il est plongé dans ses réflexions, comme s'il continuait de raisonner en silence. Et moi, je le fixe et je comprends que les cadavres de cette famille ne sont plus dans les placards, mais partout dans les pièces. Ils envahissent les fauteuils, les tables et les lits, et il est impossible de circuler sereinement dans cette maison.

Je fais le bilan de ma propre douleur et mon père ne m'a jamais autant manqué. Non pas en tant que mon père, mais parce que j'aurais voulu le présenter à William. Ils se seraient bien entendus. C'est une évidence qui ne m'avait pas effleurée jusque-là, cependant, le fait est que William ressemble à mon père en de nombreux points. Leur retenue, leur rationalité, leur recul et aussi leur infinie sensibilité. Ce sens irréprochable du devoir et de la protection de ceux qu'ils aiment comme guide de vie. Comment n'ai-je pas vu plus tôt la ressemblance ?

Presque immédiatement après, une idée frappe mon esprit. D'abord imprécise, un peu floue, puis de plus en plus nette et enfin tellement éblouissante : il ne se passera jamais rien de sérieux entre William et moi.

Chapitre 19

Alors que nous sommes toujours en tête à tête dans la cuisine, quelque chose a changé. Comme une légère ondulation dans l'atmosphère. C'est discret, presque imperceptible, mais je suis convaincue qu'il l'a sentie, lui aussi. Je parviens à mettre un mot sur ce que je ressens : gâchis. Je pense que William et moi ne nous sommes pas rencontrés à la bonne époque ni dans le bon espace-temps. Nos âmes sont en phase, elles sont parfaitement accordées, cela ne fait pour moi plus aucun doute, excepté qu'au moment où elles se sont connectées dans cet aéroport, ce n'était pas l'exact timing. Rien à faire contre ça. Mon deuil, le sien, ma douleur, la sienne, le fantôme de mon père, celui de sa femme… Autant de fausses notes qui s'intercalent entre nos deux cœurs et les entravent.

Je lis aussi tout ça dans ses yeux. Il me regarde à présent avec une étrange mélancolie, une tristesse tellement désolée. Je sens qu'il voudrait parler, mais qu'il y renonce. A quoi bon ? Nous avons tous les deux compris que malgré notre élan, le lien si spécial qu'une rencontre miraculeuse a pu produire, nos deux histoires sont de terribles freins.

Bien sûr, j'entends déjà l'écho du bon sens commun : « Et alors ? Le passé est le passé. On se remet d'un deuil. Il faut juste faire des efforts et ne pas tenir compte de l'entourage toxique. » *Le bon sens commun* a raison. Sauf qu'une relation naissante, un amour qui émerge et qui promet déjà tellement, est une chose fragile et risquée. On sait qu'on va devoir se dévoiler, se couper en deux pour extraire de nos entrailles ce qui fait l'essence de notre être. On livre à l'autre nos peurs, nos espoirs, nos failles, pour qu'à son tour, il fasse de même. Et c'est de ce mélange d'entrailles chargées d'émotions que naît l'amour durable, la véritable empathie des amoureux. Sans abandon total de soi, il ne peut y avoir de véritable couple. Or, pour accepter le fait d'autoriser l'autre à fouiller en vous pour s'imprégner des coins et recoins de votre cœur, il faut de l'élan et de la volonté. Et le deuil, la douleur, la solitude sapent précisément cette envie. On a les jambes brisées avant même le début de la course.

Alors, on renonce. Parce qu'on est privé de notre ressort intérieur. On reste cloué au sol, pesant une tonne, incapable de prendre assez de vitesse pour atteindre le septième ciel.

Alors, va te faire foutre, le bon sens ! J'aimerais t'y voir.

William finit par remonter dans le salon. On se quitte en échangeant un baiser tendre et complice. Il est comme l'aveu de nos sentiments respectifs et du regret qu'on a de savoir qu'une fois physiquement éloignés, nous nous contenterons probablement du souvenir de cette incroyable rencontre manquée.

Je reste encore un moment à déposer mes pommes de terre tranchées dans un grand plat à gratin. Mes sens et mes pensées sont engourdis et j'ai l'impression que le vide a envahi ma cervelle.

— Tout va bien ?

Quoi ?

Je me retourne : Lena se trouve dans la cuisine et me fixe avec un certain étonnement.

— Pardon ?

— Je demande si tout va bien, répète-t-elle. Vous aviez l'air totalement absorbée par vos pensées.

— Désolée, je ne vous ai pas entendue.

J'ouvre le four et y place le plat de pommes de terre.

— Je pense qu'il y en a pour une quarantaine de minutes, mais il y a assez de restes pour les faire patienter.

Décidant de passer au dessert, histoire de m'occuper et de ne pas rejoindre les autres, je remarque du coin de l'œil que Lena reste plantée à côté de moi. Je sens la situation embarrassante pointer le bout de son nez et, à mon avis, elle va être balèze.

Si William ne m'avait pas confié son histoire personnelle, je pense que j'aurais fait un effort. Malgré le fait que je ne sois absolument pas en tort et que je n'aie rien à me reprocher si ce n'est d'avoir un peu usé des attributs de son fils chéri, j'aurais entamé la conversation parce que j'ai été bien élevée. On ne lave son linge sale qu'en famille et Lena n'en faisant pas partie, la courtoisie est toujours de mise.

Sauf que j'éprouve une véritable répulsion pour cette femme. Si, au départ, elle m'a impressionnée par son allure et son visage empreint de cette beauté classique intemporelle, je ne vois maintenant plus que sa peau blafarde, sa mâchoire anguleuse et ses lèvres pincées depuis si longtemps que des rides disgracieuses en marquent les commissures. Je lui trouve des airs de sorcière drapée dans un joli tailleur hors de prix. Je décide donc de faire fi de mon impeccable éducation et je me mure dans le silence.

— Votre mère est une femme charmante, déclare-t-elle de sa voix faussement chantante.

Small talk, le retour.

— Je sais.

J'espère qu'elle trouve ça difficile.

— Je souhaite m'excuser pour ce qui s'est passé ce matin. Pour ma réaction, disons… un peu vive.

« Un peu vive » ? Je n'avais pas du tout remarqué avec les tympans pulvérisés par tes cris.

Je ralentis mes gestes et, après un bref instant d'hésitation, je me décide à faire semblant d'être civilisée.

— J'apprécie vos excuses.

A mon avis, ça sonne terriblement creux.

— Thomas n'aurait jamais dû vous entraîner dans cette comédie cruelle. Il nous a tous mis dans l'embarras et j'imagine que vous avez dû avoir une image assez horrible de notre famille.

Non, chérie, l'image horrible, c'est toi qui me la donnes.

— Il a cru bien faire. Souvent, dans ces cas-là, les enfants ont peur de décevoir leurs parents.

— Et la plupart du temps, il s'agit de fausses croyances.

Surtout ne pas se remettre en cause, on ne sait jamais, ça pourrait créer un précédent.

— Mon fils a l'air de tenir beaucoup à vous, poursuit-elle.

Brusquement, toutes mes alarmes internes s'allument. Je vois du rouge partout et j'entends une petite voix en moi hurler : « Danger ! Danger ! »

— Je tiens aussi beaucoup à lui.

— Vous devez me prendre pour une de ces mères abusives qui surprotègent leur progéniture en venant s'assurer que la prétendante est digne de confiance.

Non, ça ne me serait jamais venu à l'esprit. Pas une seconde. Ou alors rien qu'une toute petite.

— Vous pensez faire ce qu'il y a de mieux pour William, je suppose.

— Mon fils a vécu un drame qui l'a beaucoup affecté. Il a perdu brutalement sa femme. Je présume qu'il vous l'a dit ?

— Oui, en effet. J'ai moi-même perdu mon père il y a quelques mois, et je sais combien un deuil peut être cruel.

Je décide de couper court à son délire de monopole de la douleur. Cette conversation commence à m'exaspérer.

— Je suis navrée de l'apprendre, répond-elle. Quand un drame pareil vous frappe, j'imagine qu'il est difficile de reconstruire quelque chose, ensuite. Ne dit-on pas qu'on ne peut étreindre de la cendre ?

Non, on ne le dit pas. Sauf dans ta petite tête de psychopathe.

— J'ignore si ça vous rassurera ou non, mais William et moi ne faisons aucun projet particulier. Des circonstances exceptionnelles nous ont fait nous rencontrer. Nous avons noué des liens, rien de plus. Ce qui se passera ensuite est entre les mains du destin.

Je prononce ces mots avec politesse mais fermeté. J'espère qu'elle va comprendre que c'est une manière courtoise de mettre fin à la conversation. Mais je la crois assez rompue aux jeux mondains pour lire entre les lignes. Elle me sert son petit sourire à double sens, à la fois pincé de mépris et laqué de charme.

Elle s'empare de plusieurs verres avec sa grâce contrôlée et s'apprête à clore ce désagréable face-à-face. Sur le seuil, je la vois faire un arrêt. Elle a l'air de poser devant un objectif invisible et s'adresse à moi une dernière fois :

— Vous me faites tellement penser à moi au même âge !

J'avale ma salive de travers, ce qui provoque un léger toussotement.

— Moi aussi j'ai été amoureuse, et moi aussi j'ai finalement dû passer mon chemin.

Pétasse.

Chapitre 20

Un bruit sourd me fait brutalement sursauter dans le lit. Comme j'ai laissé dépasser en dehors une fesse et demie, je glisse du matelas et m'écrase sur la moquette un brin rêche.

— Ces Anglais ont vraiment un problème de place ! Bonté divine, je vais y laisser une hanche !

Ma mère peste dans la salle de bains de notre petite chambre d'hôtel et sa douce voix me sert de réveil. « Petite chambre d'hôtel » est une expression particulièrement juste. Elle est pourtant prévue pour trois personnes, mais à mon avis, pour trois personnes ne devant pas dépasser un mètre vingt et pesant dix kilos. Pourtant, ma mère est ce qu'on appelle un petit format, elle compte limite pour une moitié d'être humain. Elle mesure un mètre quarante-cinq à peine, probablement quarante-quatre, mais c'est un sujet tabou qu'on a toujours scrupuleusement évité d'aborder, et elle est très menue. En fait, à part la couleur noire de ses cheveux, toujours coiffés en chignon strict façon Maria Callas, qu'elle partage avec Mélie, on lui ressemble assez peu. Elle n'a jamais caché son soulagement, car sa taille l'a toujours complexée. Heureusement, les gènes de mon père, qui culminait à un bon mètre quatre-vingt-dix, sont venus contrebalancer tout ça. Mes parents étaient le couple à la fois le plus mal assorti et le mieux coordonné. Il ressemblait à un Viking, tandis qu'elle a encore l'air d'une fée des bois malicieuse. A notre conception, leurs gènes mutuels ont dû avoir si peu de compatibilité qu'il leur a été impossible de faire une combinaison logique pour créer ma sœur et moi. On a donc l'air d'avoir toutes les deux été adoptées.

Vers 18 heures, hier, nous avons quitté la maison de William. Contre toute attente, il n'y a eu aucun autre incident durant la journée. Tout le monde s'est bien conduit. Même Kathy a semblé faire une pause dans sa crise mélancolique et n'a pas pleuré une seule fois de tout l'après-midi. Ma mère a passé une agréable journée, même si elle a trouvé le père de famille un peu bizarre et Lena carrément cinglée. Elle est comme Mélie ; elle possède une sorte de scanner infaillible concernant la nature humaine et rien ne leur échappe.

William et moi nous sommes quittés sans effusion. Coincés dans le vestibule au milieu des autres, des valises, bonnets, écharpes et gants, ce n'était guère le bon moment pour une étreinte façon fin de film romantique. Cependant, je n'oublierai jamais l'intensité de son regard pétillant d'étincelles posé sur moi. Je pouvais y lire tout un livre et voir tout un monde. Les heures passant depuis notre rencontre, les silences entre nous se sont composé un langage. En fait, c'est comme si nous étions empêchés de parler par une force invisible, plaquée sur nos gorges respectives. Si j'avais un vœu à faire, ce serait de pouvoir, au moins une fois, hurler à pleins poumons devant lui, juste pour éprouver ce qu'auraient donné tous nos non-dits une fois expulsés de nos bouches.

J'ai reçu un message de lui, hier soir, vers 22 heures. Un sobre « bonne nuit » qui m'a touchée plus que je ne l'aurais cru. C'est pourquoi j'ai pris la décision de ne plus me poser de questions. Je suis heureuse d'avoir pu vivre cette parenthèse de Noël si singulière qui, l'espace de quelques jours, a rempli mon cœur gelé de jolies paillettes.

— Bon, ça suffit ! Est-ce que je peux savoir pourquoi tu fais la tête ? m'interroge soudain ma mère avec son air de chef de milice soviétique.

— Je ne fais pas la tête !

— Sans rire ? Alors, ma fille, surtout, préviens-moi quand tu seras contente, ça va me faire un choc. Mélie, est-ce que Scarlett fait la tête ?

— Absolument, répond ma sœur en essayant de comprendre comment marche la bouilloire de la chambre.

Je m'insurge :

— Je vous le redis : je ne fais pas la tête !

— Quel est le problème ? poursuit ma mère, en s'adressant cette fois à Mélie. Vous n'êtes pas heureuses de voir votre vieille mère qui a bravé les éléments toute seule pour arriver jusqu'à vous dans un pays où il fait moins mille degrés ?

Ça y est, j'entends les violons.

— C'est William, *le problème.*

— Mélie, s'il te plaît…

— Quoi, ta sœur n'a pas le droit de me parler de tes soucis ? Ta mère n'est plus capable de consoler ses filles, c'est ça ? Qu'est-ce que j'ai bien pu te faire pour que tu ne me fasses plus confiance ? Qui d'autre que moi peut t'écouter et te comprendre ? Je t'ai portée pendant neuf mois, je t'ai mise au monde, je t'ai élevée. Ta sœur, toi et moi, c'est pareil. Même cœur, même sang.

Là, tout le continent européen — au moins — entend les violons.

Je tente d'amadouer l'adversaire.

— Mais non, maman, ce n'est pas ça. C'est juste qu'il n'y a rien à dire. J'ai eu un petit flirt avec William, et c'est devenu compliqué. *Beaucoup trop* compliqué pour un flirt de vacances.

Elle me fait son regard « soviétique », puis se tourne vers ma sœur.

— Mélie ?

Je roule des yeux au ciel et me laisse retomber sur le lit, en étoile de mer. Ça va être ma fête.

— Ce n'est pas un *simple flirt.* Elle a passé la nuit avec lui et s'est fait surprendre au matin par la mère de William, alors que, la veille, Thomas l'avait présentée comme sa petite copine. Tout ça pour cacher à sa famille qu'en réalité, il est homosexuel. S'en est suivie une grosse dispute et, même si, au final, Thomas a tout avoué, ça a définitivement tendu les rapports.

— J'avais raison, réplique ma mère avec solennité. Tout ça, c'est la faute de cette Lena. Quand, passé trente ans, un fils a encore peur de parler de son orientation sexuelle à ses parents, c'est qu'ils ont sacrément merdé ! Et comme le père est une moule plantée dans un rocher, c'est forcément la mère la responsable.

Une drôle d'image prend mon cerveau d'assaut : une moule avec la tête du père de William s'accrochant de toutes ses forces à un rocher. Jamais plus je ne pourrai regarder cet homme dans les yeux.

Ma sœur enchaîne avec son analyse personnelle :

— Je pense que Lena souffre à la fois d'une profonde frustration et d'un gros complexe d'infériorité. Je la crois très malheureuse, si bien que toute forme de bonheur et de liberté, deux choses dont elle s'est privée depuis des années sans doute, l'insupportent au point d'en devenir cruelle et mesquine.

Ma mère acquiesce. Mélie et elle sont presque toujours d'accord sur tout. Sauf pour le nom du chien.

En parlant du chien, je m'écrie soudain :

— Au fait ? Qu'est-ce que tu as fait de Choléra ?

— Ravie que tu finisses par t'en inquiéter ! Helena s'en occupe. Ne change pas de sujet, ma fille, et laisse ta sœur finir d'expliquer ce qui te tracasse.

— Tout ça ne serait pas bien méchant s'il n'y avait pas *le problème.*

— Je le savais ! déclare ma mère, en me jetant un regard triomphant.

Je colle l'un des coussins sur mon visage. Si j'appuie assez, je peux peut-être perdre légèrement connaissance.

— Le fameux *problème*, c'est que Scarlett est tombée amoureuse de William et inversement, très probablement. Sauf que William n'en a pas fini avec le deuil de son épouse et que Scarlett n'en a pas non plus fini avec celui de papa. Deuil contre deuil, ça ne fait jamais un couple.

Ma mère s'approche de moi, repousse le coussin de ma figure et passe ses doigts sur mon front et dans mes cheveux, comme depuis que je suis toute petite. Elle refait ce geste encore et encore, et il provoque en moi le même effet que lorsque j'étais gamine : il m'apaise et me rend heureuse.

— Ma chérie, les grandes histoires — les seules qui valent la peine — prennent rarement des chemins faciles. C'est comme ça. Dieu les a inventées pour Se distraire.

Dans la famille, on a une vision très personnelle de la religion, et surtout de ce que Dieu a, ou non, dans la tête.

— D'accord, alors aucune d'entre vous ne va me dire que, vu ce qu'on a traversé ces derniers mois, ce n'est peut-être pas une bonne idée de me lancer dans une relation avec un étranger, quelqu'un qui a une famille de cinglés et qui vit encore dans le souvenir de sa défunte femme, que la mort a bien évidemment rendue éternellement parfaite ? Genre, je ne sais pas moi, pour éviter que dans un mois ou dans six, je me retrouve en miettes. Non ? Aucune ? Sûres ?

Toutes deux me fixent de leur mine de généraux obstinés. J'ai horreur qu'elles fassent ça, quand elles se liguent silencieusement contre moi et, surtout, qu'elles refusent de répondre à ma question.

— Merci, Seigneur, lance alors ma mère à je ne sais quelle divinité présente dans la chambre, c'est enfin arrivé ! Depuis le CP, ça commençait à faire long !

— De quoi tu parles ?

— Ta sœur a raison, Scarlett, tu es amoureuse.

— Tout de suite les grands mots ! C'est un poil mélodramatique, vous ne trouvez pas ?

— Absolument pas, persiste ma mère. Je connais mes enfants, je les ai conçues, je sais quand vous êtes tristes, joyeuses, malades *et* amoureuses. Ça ne t'était pas arrivé depuis le CP avec le petit Kevin.

Je fais la grimace.

— « Le petit Kevin » ? N'importe quoi ! Je ne suis jamais tombée amoureuse *d'un petit Kevin.* Jamais de la vie.

— Mélie ?

— C'est tout à fait exact.

— Qu'est-ce que t'en sais, d'abord ? Si j'étais au CP, tu devais être à peine propre.

— Faire mes besoins dans un pot ou dans une couche n'a jamais eu d'effet sur ma mémoire.

— Je ne sais même pas pourquoi je vous parle.

— Je ne comprends pas qu'avec l'éducation que je vous ai donnée, vous soyez à ce point hermétiques au romantisme et aux questions de l'amour.

— Maman, *Autant en emporte le vent*, ce n'est pas une référence en matière de romantisme.

— Bien sûr que si !

— *Bien sûr* que non ! Scarlett O'Hara est une horrible fille du Sud, égoïste et capricieuse, qui cède à Rhett Butler essentiellement pour sa terre et son rang. Rhett l'aime bien plus qu'elle. Si tu avais voulu nous élever dans le culte des grandes histoires d'amour, tu aurais dû nous élever avec *Orgueil et Préjugés*, par exemple.

— Encore que Lizzie ne commence à s'intéresser à Darcy qu'une fois qu'elle a vu son immense domaine, précise Mélie avec un air concentré.

— Ça te dirait pas, pour une fois, d'essayer d'être de mon côté ? Juste pour voir ce que ça fait…

— Vous faites beaucoup de peine à votre mère.

Maman se lève, se drape dans sa dignité de reine outrée, et va se maquiller dans la salle de bains. Elle est super douée pour jouer les Cléopâtre et moi, je craque :

— Bon, admettons qu'*effectivement*, mon histoire avec William a un peu dérapé et qu'*effectivement*, j'éprouve quelque chose d'un peu plus fort qu'un simple béguin. *Admettons.*

— Mélie, ton téléphone ne ferait pas enregistreur, par hasard ? demande ma mère avec beaucoup de subtilité.

— Si, répond ma sœur, ledit téléphone déjà en main.

Un jour, j'en prendrai une pour tuer l'autre, et le juge m'accordera des circonstances atténuantes.

— D'accord, d'accord, *d'accord* ! Alors, qu'est-ce que je fais ?

— Tu restes concentrée et ouverte aux opportunités, me conseille ma mère, non sans une certaine théâtralité.

— Ça veut dire quoi ?

— Ça veut dire que tu es dans sa ville, disponible. A lui de faire un pas vers toi, que tu sauras reconnaître et que tu suivras en retour. Tu te demandes si cette histoire peut donner quelque chose… Eh bien, quand il te contactera, ce sera la preuve que tu attends pour faire aussi le grand saut.

— Et s'il ne le fait pas ?

— Nous aviserons. Parfois, les hommes sont bêtes et ont besoin qu'on leur mâche le travail. Mais celui-là m'a l'air futé. Il me fait un peu penser à ton père, tu sais ? Ton père a fait le premier pas. Garde la foi, ma chérie.

Sortant de la salle de bains, la mine conquérante, elle me tend sa trousse à maquillage avant d'ajouter :

— Cela étant, si tu gardes la foi avec un peu de rouge à lèvres et de mascara, ce sera plus efficace. Dieu aime les gens qui prennent soin d'eux.

J'ai soudain une petite pensée émue pour Dieu.

Chapitre 21

Après m'être coiffée et mis du rouge à lèvres suffisamment efficacement pour emporter l'aval de ma mère et de ma sœur, nous quittons notre hôtel pour nous rendre du côté d'Oxford Street. Pour un 26 décembre, il y a du monde dans l'une des rues les plus chics de Londres.

Nous faisons quelques boutiques, flânons dans le célèbre Harrods, et prenons un chocolat chaud dans le non moins célèbre grand magasin Selfridges. Ma mère découvre avec émerveillement les décorations de Noël des vitrines de ces prestigieuses boutiques. C'est un mélange de féerie, de mode, d'éclairage et de guirlandes rivalisant en tableaux scintillants et mises en scène fantasmagoriques. La rue sent la neige et la cannelle. Nous passons un merveilleux moment et j'éprouve une grande joie à voir ma mère sourire et rire. J'aurais dû l'emmener ici plus tôt ou même simplement la faire voyager. Ma vie, mon travail et mon rythme quotidien me font oublier qu'à présent, elle est seule la plupart du temps. Je me fais la promesse de ne pas laisser filer les mois avant d'organiser à nouveau quelque chose pour nous trois. Ces moments en famille sont si précieux.

Les mains encore pleines du sucre des *Cinnamon Roll*, pâtisserie au nombre indécent de calories, nous faisons découvrir à ma mère le quartier français de South Kensington et en profitons pour l'emmener au Victoria and Albert Museum. J'ai une préférence pour le musée d'Histoire naturelle qui se trouve juste à côté, pas uniquement pour ses gargouilles en forme de ptérodactyles, mais je me résous à renoncer à mes dinosaures pour une exposition temporaire de robes de mariée du XVIIe siècle à nos jours.

Le temps passe vite et, vers 16 heures, je propose, ainsi que mes pieds, une halte dans le magnifique salon de thé du musée. Ma mère a les yeux qui brillent devant les belles colonnades blanches couvertes de motifs dorés. La lumière traversant les vitraux rectangulaires et le plafond incurvé décoré de splendides dessins floraux donnent au lieu une atmosphère unique. Tandis que je fais un cours d'histoire approximatif, tout en vérifiant par intermittence sur Internet que ce que je raconte n'est pas totalement à côté de la plaque, je finis par m'agacer de voir Mélie le nez rivé sur son portable, à pianoter je ne sais combien de messages.

— Mélie, tu ne pourrais pas dire à tes patientes que tu as une famille et que tu prends trois jours de congé ? Leurs problèmes sexuels peuvent faire une trêve pendant Noël, non ?

— Je ne suis pas en train de travailler.

— Ben, tu fais quoi, alors, sur ton portable depuis tout à l'heure ?

— Je discute.

— Avec qui ?

Ma sœur a la vie sociale d'une araignée babouin. Du coup, c'est louche.

— Scarlett, arrête d'espionner ta sœur. Mélie, avec qui tu communiques ?

— Ah oui, quand c'est toi qui demandes, ça fait tout de suite moins grand prêtre inquisiteur.

— Thomas.

Un blanc s'installe jusqu'à ce que je demande sur un ton un peu plus contrarié que ce que j'avais en tête :

— *Thomas*... Celui d'ici ?

— Oui, répond ma sœur sur un ton égal. Sauf si on en connaît un autre en France. On en connaît un ?

— Non, *on* n'en connaît pas. Pourquoi ?

— Parce qu'il me parle.

— Je veux dire : pourquoi tu discutes avec lui ?

— *Parce qu'il me parle.*

La moutarde me monte au nez et je ne sais pas pourquoi ça me contrarie autant que Mélie échange des messages avec le frère de William.

— Qu'est-ce que tu lui racontes ?

— Tout et rien. Il me dit que c'est toujours aussi tendu avec Lena, mais qu'ils sont tous repartis chez eux ce matin. Apparemment, leur oncle a réintégré son foyer et tente de faire amende honorable auprès de Kathy. Thomas trouve William, je cite : « encore plus taciturne que d'habitude ». Il me demande aussi des conseils sur la façon de gérer sa relation avec son petit ami. Il est en train de prendre conscience que le sexe ne règle pas tout.

— William est taciturne ?

— On se demandait s'il éprouvait les mêmes sentiments que toi, on a la réponse, intervient ma mère.

— Peut-être qu'il est *taciturne* parce que les choses sont allées loin avec sa mère.

— Je pense que ça va *loin* avec sa mère depuis son enfance, c'est la routine pour lui, persiste celle qui m'a mise au monde en ne manquant pas une occasion de le rappeler. Pourquoi serait-il soudain plus contrarié que les fois précédentes ?

Maintenant que William m'a raconté comment ça se passait à l'époque de son enfance, je ne peux que reconnaître que ma mère a raison. Un sourire se dessine sur mes lèvres. Je me sens comme une midinette ; même légèreté, même superficialité, même connerie.

Cela étant, aujourd'hui, William n'a pas encore appelé. Du coup, je maugrée :

— Super, qu'il continue de broyer du noir si ça lui chante, ça me fait une belle jambe.

— Les hommes sont plus bêtes que les femmes. Pourquoi tu n'écoutes jamais ta mère, quand elle te parle ? Patiente.

— Changeons de sujet. Je ne sais même pas pourquoi je pose des questions. C'est vrai, je suis une adulte. Finissons nos boissons, je vous emmène ensuite à Covent Garden.

Une vingtaine de minutes plus tard, nous nous

dirigeons vers la station de métro. Il fait déjà presque nuit, mais les températures sont largement supportables. Soudain, je sens mon portable vibrer dans la poche de mon manteau. Quand je consulte l'écran, mon cœur manque un battement.

— Merde, c'est William...

— Mon ange, tu as l'air d'une poule qui a trouvé un couteau, note ma mère.

— Qu'est-ce que je fais ?

— Tu appuies sur la petite icône verte avec un combiné dessiné dessus. Combiné comme téléphone, m'indique ma sœur avec un sérieux que je crois tout à fait réel.

— Je suis morte de rire...

— Scarlett, réponds, au nom du ciel ! m'ordonne ma mère.

— Allô ?

La voix de William est toujours aussi élégante et chaude. Un sentiment d'apaisement et de quiétude m'envahit lentement. Il me demande comment je vais et si ma mère trouve les Anglais supportables. Je lui réponds qu'heureusement, la ville est très cosmopolite. On croise en général un Italien, trois Français et un Allemand pour un seul Britannique. Il me glisse un « tu m'as manqué, cette nuit » qui me coupe le souffle. Il ne me laisse pas le temps de répondre, car il enchaîne sur une étonnante banalité. Je l'entends hésiter. Finalement, il se lance et me demande si je n'ai pas eu de nouvelles de Lizzie. Je suis très surprise.

— Ta grand-mère ? Non, pourquoi me demandes-tu ça ? Elle est de nouveau partie ?

Je me souviens alors que Lizzie m'a demandé mon numéro. J'ai trouvé cette septuagénaire si déjantée que ça m'a paru une bonne idée de le lui donner, sans toutefois penser qu'elle pourrait l'utiliser. William me confirme que Kathy lui a dit qu'elle s'était éclipsée sans prévenir personne en fin de matinée. D'après lui, elle aurait pu chercher à me joindre, car elle lui a confié avoir de l'affection pour moi. Je suis navrée d'avoir à lui répondre par la négative.

— Je suis désolée, William, je n'ai aucune nouvelle. J'imagine que tu as essayé de l'appeler ? Ah, je vois, elle ne répond pas. Est-ce que tu veux que j'essaie ? Je suis extérieure à la famille, peut-être que ce sera plus facile pour elle de me parler.

William s'excuse de me mettre dans cette situation. Je le sens profondément perturbé, ce qui ne m'étonne guère, car j'ai assez vite senti une forte connexion entre Lizzie et lui. Une sorte d'élan m'assaille. J'aimerais retrouver Lizzie pour lui, j'aimerais lui redonner le sourire et le faire rire, être celle qui fait pétiller ses iris. Il me dit de ne pas penser à tout ça, qu'il va se débrouiller et qu'il veut que je passe une bonne journée à Londres. Il enchaîne avec des questions sur ce qu'on a fait depuis le matin. J'ai un peu de scrupules à lui expliquer et éterniser la conversation, alors qu'il doit vouloir chercher Lizzie. Mais j'avoue un peu égoïstement que j'apprécie ce pseudo-tête-à-tête. Et je l'apprécierais d'autant plus si ma mère et ma sœur n'étaient pas pour ainsi dire collées à mon téléphone. Nous mettons fin à la conversation et il me promet de m'appeler ce soir.

— Tu as raison, ma chérie, il a l'air très indifférent, ironise ma mère.

J'ai l'impression de rougir. Non, j'en suis sûre, parce que c'est ce que font les midinettes.

Ça craint !

Mon portable vibre encore et je me jette dessus plus vite que jamais. Cette fois, cependant, je ne reconnais pas le numéro. Quand je décroche, je suis surprise d'entendre Lizzie. Elle a l'air plutôt normale au téléphone, enfin, aussi *normale* qu'elle peut l'être. Elle me dit qu'elle aimerait bien passer un petit moment avec nous, puisqu'elle se trouve en ville. Et là, je tombe des nues. Elle n'a pas du tout l'air d'avoir conscience de l'inquiétude qu'elle provoque chez les siens. Je bataille quelques minutes pour en placer une et je parviens à lui expliquer que William est terriblement angoissé de ne pas savoir où elle se trouve. Elle marque une pause, j'ai l'impression de parler à une ado rebelle, puis, finalement, elle promet qu'elle va l'appeler pour le rassurer et même lui demander de venir la chercher. Après avoir passé un moment avec nous, bien sûr. J'interroge du regard ma mère et ma sœur qui acquiescent avec un poil trop d'enthousiasme. En fait, je pense qu'elles s'amusent comme des folles, autant que si elles se retrouvaient dans une sitcom. Je suis ravie qu'elles s'éclatent autant.

Nous nous sommes donné rendez-vous à Covent

Garden, un lieu qui accueille une sorte de marché couvert, avec beaucoup d'endroits où prendre une consommation chaude, parfait en cette période de l'année.

Lizzie nous attend dans un joli salon de thé dans le pur style anglais. Le parquet et la porte réchauffent l'atmosphère par un bois laqué, tandis que de belles fresques florales couvrent des murs couleur sable. Des effluves de cupcake et de *carrot cake* saturent l'air surchauffé et nous plongent dans un doux cocon. Nous échangeons quelques mondanités puis, comme ni Lizzie ni ma mère ne sont des femmes mesurées, la conversation dérape très vite.

— Donc, vous avez réussi à vous échapper des griffes de votre horrible fille ?

Maman : 1, mondanités : 0.

— Et ça n'a pas été sans mal, croyez-moi ! embraye Lizzie, nullement offensée par la brusquerie franco-italienne. En fait, j'aurais dû partir en même temps que vous, mais je voulais profiter de mes petits-fils. Pour une fois que je les vois tous les deux ! Ils sont toujours si occupés.

— Je n'arrive pas à comprendre pourquoi cette femme possède un tel pouvoir sur votre famille. Vous m'avez l'air d'avoir chacun de fortes personnalités.

— C'est elle qui a l'argent.

Rude, terrible, mais sûrement vrai.

— Je vois, acquiesce ma mère, laquelle, n'ayant jamais travaillé, sait ce que veulent dire les mots : dépendance financière.

— Quand on fait partie du gratin mondain, on pense avoir des privilèges et il se trouve toujours des profiteurs pour vous conforter dans l'illusion que vous en avez réellement. Vous savez, le problème vient en grande partie de son père et moi. Quand elle est née, Lena était le plus beau bébé de la maternité. Quand elle était enfant, elle était la plus belle et la plus douée de son école, et ainsi de suite. Elle a compris très tôt tout le bénéfice qu'elle pouvait tirer de son air de petite fille parfaite.

— Les gens aiment les êtres qui brillent, même si le revers de la médaille est couvert de suie, commente ma mère.

— C'est exact et, petit à petit, sans s'en rendre compte, on donne un pouvoir immense à ces créatures qui s'en nourrissent et s'en servent ensuite comme d'une arme. Vous n'avez pas eu l'occasion de le constater, mais Lena sait se faire aimer comme personne. Et une fois que vous éprouvez de l'affection pour elle, elle sait vous rendre dépendant ; *elle sait* vous coincer dans sa toile. Sans que vous vous en rendiez compte, vous vous mettez à faire tout ce qu'elle désire pour ne surtout pas perdre son amour.

Je ne peux m'empêcher d'intervenir.

— William m'a un peu raconté ce qu'il a vécu durant son enfance. Ça m'a beaucoup touchée parce que c'était… c'était…

— Un enfer. D'autant que William est l'exact opposé de Lena. Il a une sainte horreur des règles en général et n'a jamais rien mis au-dessus de sa liberté. C'était un enfant avec une volonté de fer. Ça ne pouvait que tourner au vinaigre entre eux. S'il ne se sentait pas aussi lié à Thomas, il aurait sans doute coupé les ponts avec sa mère depuis longtemps. Mais Thomas n'arrive pas à se défaire de son emprise.

— Et vous, dans tout ça ? demande ma mère. Vous êtes la mère de Lena, vous pourriez lui dire qu'elle exagère.

— Eh bien, je dirais que moi aussi, je suis dépendante d'elle, d'une certaine façon. Elle a une procuration sur tous nos biens depuis la mort de mon époux. Elle pourrait facilement me faire enfermer dans l'une de ces détestables maisons de vieux.

— Quelle horreur ! s'offusque ma mère. Je ne peux pas croire que des enfants peuvent se montrer aussi cruels envers leurs parents.

— Elle ne l'est pas vraiment, je pense surtout qu'elle est profondément malheureuse. Vous savez, quand elle avait vingt ans, elle est tombée follement amoureuse d'un garçon. Ils se sont même fiancés et avaient prévu de se marier. Mais quelques mois avant la cérémonie, le jeune homme l'a quittée pour une autre, alors qu'elle était enceinte. Elle a malheureusement perdu l'enfant assez vite. Sa rivale était le genre de fille que Lena considérait comme sortie du caniveau. Tout ce qu'elle a en horreur et dont elle croit être bien supérieure. Elle ne s'en est jamais remise et a épousé par dépit un gros lourdaud bien né, travailleur, honnête et éperdu d'admiration pour elle.

— La frustration sentimentale et sexuelle mène

parfois à la psychopathie, conclut Mélie en examinant scrupuleusement le nappage d'un cupcake aux noix. Il faut faire très attention.

— Bien d'accord avec vous, ma chère, acquiesce Lizzie, pas étonnant qu'elle fasse vivre l'enfer à quiconque a l'air d'être heureux. Enfin, tout ça est en train de changer. Tout à l'heure, je lui ai dit ses quatre vérités et je suis partie ! Vous auriez vu la scène. Je préfère encore vivre sous les ponts ou dans un hospice, plutôt que d'avoir à tolérer son manège une minute de plus. J'en ai enfin fini avec la lâcheté qui a dirigé toute ma vie.

— Vous faites référence à votre amante ? demande ma mère tout en posant une main compatissante sur son bras. Ne vous flagellez pas, ce n'est pas toujours aussi simple, quand on a une famille. On n'a pas la liberté de tous ses choix. Vous avez fait ce que vous pouviez.

— Oui, et je suis passée à côté d'une partie de ma vie. Je ne veux pas que ça arrive à Thomas ou William. Ils pensent nous protéger, leur père, leur tante et moi, en prenant sur eux et en supportant Lena. Ils pensent que, sinon, la famille exploserait. Sauf qu'elle est déjà en miettes. Alors, j'ai décidé de donner un grand coup de pied dans la fourmilière. J'ai dit des choses horribles à ma fille ; il n'y aura pas de retour en arrière. J'espère bien que ça va marquer le début de l'émancipation de ses fils et même de sa sœur, pourquoi pas ?

Elle conclut sa tirade avec une grande gorgée de

cappuccino. Son visage a l'air d'avoir rajeuni. Je dois avouer que la mutinerie lui va plutôt bien.

— Et me voilà sans domicile fixe !

Nous tiquons toutes.

— Comment ça ?

— J'habitais chez eux, déclare-t-elle, apparemment amusée par cette situation.

— Où allez-vous loger, alors ? s'inquiète ma mère. Chez William ?

— Oh ! ça, j'en doute.

— Pourquoi ? William vous adore, il serait ravi de vous héberger, dis-je.

— Evidemment. Sauf qu'il ne sait pas que je suis à la rue, parce que je ne lui en ai pas parlé.

J'accuse le choc avant de reprendre :

— Quoi ? Mais vous m'avez dit que vous alliez l'appeler pour le rassurer, juste après avoir raccroché avec moi.

— Ah, j'ai dit ça ?

— Absolument !

— Peu importe, je ne l'ai pas fait.

— Enfin... mais... c'est grave !

Je ne peux cacher ma colère. J'ai promis à William de le prévenir si j'avais des nouvelles de sa grand-mère et elle-même m'avait promis de le faire. Et voilà qu'elle m'a menti et que William doit toujours être mort d'angoisse.

— Il faut l'avertir immédiatement. Il s'inquiète pour vous et vous cherche.

— Je sais.

— Je ne comprends pas votre attitude. Pourquoi lui infliger ça ?

— Je le pousse à bout.

J'échange un regard avec ma mère et ma sœur. Sans surprise, je constate que Mélie n'a pas du tout l'air étonné par ce que confie Lizzie. Je lui donne un léger coup de pied sous la table pour la faire réagir. Elle sursaute et se met à parler, comme une mécanique qu'on vient d'allumer.

— Lizzie veut pousser à bout William pour le faire sortir de sa retenue et faire voler en éclats les barrières qu'il s'est imposées et qui l'empêchent de vivre ses relations comme il l'entend.

Voilà, suffit de secouer la machine pour qu'elle marche à nouveau. Je frotte mes tempes douloureuses avant de souligner :

— C'est quand même une technique très risquée.

— Les risques sont en proportion des gains, très chère, jubile Lizzie. Avec ce que j'ai dit à ma fille, j'ai lâché une vraie bombe et je ne veux pas que William puisse penser qu'il peut encore arranger les choses. *Les choses* ne doivent pas s'arranger parce que si elles le font, vous allez tous les deux passer à côté de votre jolie histoire.

Je tressaille sur mon siège. Je ne sais pas comment réagir ni ce que je ressens. Je déteste que notre « jolie histoire » fasse l'objet d'autant d'attention. Ça met une sorte de coup de projecteur sur quelque chose qui devrait rester de l'ordre de l'intime. De plus, je ne peux m'empêcher de me sentir un peu responsable de toute cette affaire, comme si ma présence et ma liaison avec William avaient été le déclencheur d'une suite de catastrophes. Et si, au final, William et moi n'étions pas faits l'un pour l'autre ? Et si ce n'était qu'une idylle de vacances ? Le jeu en vaut-il la chandelle ?

Compliqué, tellement compliqué. Mais qu'est-ce que tu fiches là ?

— Je me sens très mal à l'aise vis-à-vis de tout ça…

— Il ne faut pas. Même sans vous, ça aurait explosé. Ça aurait simplement pris un peu plus de temps. Si vous saviez, ma chère, comme j'attendais que les yeux de William pétillent à nouveau ! Il s'est éteint à la mort de sa femme et Lena en a profité pour raffermir son emprise sur lui. Depuis, aucune de ses liaisons n'a pu rallumer la petite étincelle en lui. Et puis, un jour, à Noël, vous débarquez, et là, je vois à nouveau mon petit-fils comme je l'ai toujours connu. Je le sens à nouveau heureux et vivant.

Son émotion est perceptible. Ses lèvres tremblent légèrement et on sent un soupçon de trémolo dans sa voix. Je prends la mesure des épreuves qu'ils ont dû vivre et, soudain, je me compare à eux. La mort de mon père a bien failli pulvériser ma vie, pourquoi en serait-il différemment pour les autres ? Ceux qui pensent que les gens sont remplaçables, et que tout passe, se trompent. Les gens qu'on aime deviennent irremplaçables parce qu'on les *aime*. C'est notre amour qui les rend uniques. Et quand ils partent, la douleur et le vide qu'on ressent ne *passent* pas. On apprend juste à vivre avec et on y ajoute d'autres amours. Et plus on en ajoute, plus on étouffe la douleur. Mais elle ne disparaît pas.

J'ai bien cru que mon cœur n'allait jamais pouvoir ressentir de nouvelles émotions, que j'allais garder mes souvenirs, incapable désormais de m'en fabriquer d'autres. Et il aura fallu une tempête de neige, une rencontre, pour que tout bascule sans que j'en aie conscience, tandis que je luttais de toutes mes forces pour que ça n'arrive pas. J'espère qu'il en sera ainsi pour William.

Le fait est que je me trouve face à un dilemme... D'un côté, Lizzie et sa façon de gérer les crises familiales, de l'autre, William. Si je l'appelle, je révèle le plan secret de sa grand-mère et si je ne le fais pas, je lui mens. La conversation se poursuit, mais je n'écoute plus. Je suis plongée dans mes pensées. Peut-être que Lizzie a raison et que je devrais la laisser faire. Elle œuvre pour moi, d'une certaine manière.

Je me lève.

— Excusez-moi, je dois aller au petit coin.

Je traverse la salle. Les toilettes sont heureusement à la droite de l'entrée, invisibles depuis la salle. Ma mère, Mélie et Lizzie ne me voient donc pas sortir du salon de thé. Je m'empare aussitôt de mon téléphone et j'appelle William.

Je déteste le mensonge.

Quand je lui raconte toute l'histoire, il entre dans une colère noire et traite sa grand-mère de folle qui se mêle de ce qui ne la regarde pas. A force de projeter ses désirs sur les autres, s'énerve-t-il, elle fait plus de mal que de bien et il est fatigué de rattraper les hystéries et les manipulations des femmes de son entourage.

Je ne peux pas en placer une et, quand bien même j'aurais pu le faire, je n'ai pas vraiment d'argument à lui opposer. Il a raison sur toute la ligne. Thomas et lui subissent la guerre des deux femmes, guerre qui aurait dû se régler depuis bien longtemps, et surtout entre elles.

Il met fin à la conversation en disant qu'il prend les choses en main et me dit au revoir, en ajoutant ces mots horribles que je ne voulais surtout pas entendre : « C'est trop compliqué. »

Chapitre 22

Le roulis répétitif du métro m'assoupit. Quand nous sommes montées dans la rame, j'ai gardé mon manteau et mon écharpe et c'est une erreur, car la chaleur accentue ma somnolence. Ma tête penche et s'appuie contre la vitre. Au travers, je vois sans voir le paysage que la lumière blafarde et le ciel couvert rendent monochrome.

Nous sommes le 28 décembre, 9 h 40, et nous nous dirigeons vers l'aéroport de Heathrow. La boucle est bouclée. Nous avons passé toute la journée d'hier dans les alentours de Londres, nous immergeant dans l'histoire des Tudors avec la visite du palais de Henri VIII à Hampton Court. Des acteurs ont déambulé dans les grandes salles du château, rejouant les préparatifs du mariage du roi avec sa sixième et dernière épouse : Kateryn Parr. Ma sœur et ma mère se sont laissé gagner par l'atmosphère de cette magnifique bâtisse géométrique aux pierres rouges, dont on dit que le fantôme de la jeune et stupide cinquième épouse du monarque, Catherine Howard, hurle encore dans la cour, en implorant le pardon de son époux pour éviter la décapitation. Peine perdue, car Henri éprouvait un amour immodéré pour les femmes sans tête.

J'ai déjà visité les lieux, il y a quelques années, alors que des clients satisfaits voulaient me remercier en me faisant faire un peu de tourisme. En temps normal, j'aurais apprécié de revoir le château, cependant, j'ai passé la journée l'esprit absent. Je pense que ma sœur et ma mère l'ont remarqué, mais elles n'en ont rien dit. J'avais beau faire des efforts, ramener mes pensées au présent et à ce que j'étais en train de vivre, elles s'obstinaient dans leur vagabondage. Cette sorte de fuite psychologique m'a vidée et quand nous sommes rentrées à l'hôtel, je me suis effondrée dans mon lit, vers 21 heures.

William ne m'a pas rappelée. En fait, je n'ai plus eu de nouvelles de personne dans cette famille. Au départ, j'étais dans une sorte de fébrilité et d'attente. Toutes les cinq minutes, je sautais sur mon téléphone, pensant l'avoir entendu sonner. J'ai même vérifié un nombre ridicule de fois que je n'avais pas enclenché par erreur le mode silencieux. Ma sœur et ma mère se moquaient gentiment de moi et me reprochaient mon impatience un brin puérile.

Puis les heures ont passé. J'ai peu à peu cessé de regarder mon téléphone, d'abord par colère contre moi-même et contre William, finalement par renoncement. Mélie et ma mère ont stoppé leurs plaisanteries, parce que ce n'était plus drôle pour aucune de nous. Parce que mes yeux devaient être plus tristes qu'impatients.

Puis, il est arrivé une heure où j'ai pris conscience

que c'était fini, que ma « jolie histoire » de Noël était terminée et qu'à l'instar de tous les contes féeriques de cette période, elle ne pouvait survivre au jour de l'an.

Il ne me restait plus que le vague à l'âme, un peu comme à la fin d'une fête, quand on rallume la lumière et qu'il ne reste plus que les décorations fatiguées et la vaisselle sale.

On a donc cessé de faire allusion à cette histoire, on l'a oubliée. Avec le recul, je suis soulagée que tout se soit terminé précisément à cet instant. Quand je vois à quel point ça me touche, alors que William et moi ne nous sommes connus que quelques jours, je me dis que plus longtemps cette idylle aurait duré, plus dure aurait été la chute. Au moins, là, ça ne fait que *moyennement* mal.

Nous parvenons à destination, au terminal 5 de Heathrow. Quand je pénètre dans l'aéroport, mon cœur se serre. Malgré mes efforts, mon esprit se remémore ma rencontre avec William. C'était tellement singulier ! Un vrai début de comédie romantique, celle qui n'arrive jamais dans la vraie vie. Nous passons l'enregistrement, afin de nous délester de nos valises, puis la sécurité pour atteindre l'immense hall épuré du terminal et sa galerie de magasins détaxés.

Je fixe le tableau des embarquements. Nous sommes arrivées très en avance, *beaucoup trop* en avance. On a eu tellement peur d'une nouvelle catastrophe qu'on a même dû prendre sur nous pour ne pas y venir dès hier. Mais il n'a pas neigé depuis le 25 au matin et le trafic est fluide. Il y a du monde et je remarque que la plupart des visages sont sereins et heureux. Je suis persuadée que beaucoup d'entre eux sont des anciens prisonniers de la tempête de neige avec qui j'ai peut-être partagé ces interminables heures d'attente. Je ne peux m'empêcher de penser qu'une atmosphère de fin d'aventure plane dans le hall.

— Bon, annonce ma sœur, on a trois heures à attendre avant l'embarquement.

— Vous avez remarqué ? Quand je suis là, tout se passe bien. Quand je vous dis de ne jamais vous éloigner de moi, ce n'est pas pour rien !

Je ne sais pas pourquoi, la musique de *Psychose* envahit soudain mon cerveau. Je fais alors une proposition :

— Allons nous asseoir et prendre un café, nous serons mieux que sur les fauteuils.

— Je voudrais rapporter quelque chose de typique de Londres, dit ma mère. Du whisky ?

— Maman, on a fait du shopping pendant deux jours, tu n'as rien acheté, et là, tu veux un truc *typique*, à l'aéroport ?

— Ben, c'est toujours *typique* à l'aéroport, non ? C'est pour ça qu'il y a des aéroports partout, ils prennent la couleur du pays dans lequel ils sont installés.

— Le whisky, c'est plutôt écossais, fait remarquer ma sœur.

— C'est sur la même île, objecte ma mère. C'est juste des Anglais du Nord, quoi. On ne va pas chipoter.

A ce moment précis, William Wallace, figure de

la lutte pour l'indépendance écossaise, meurt une nouvelle fois dans sa tombe.

J'inspire longuement et enchaîne :

— D'accord… Bon, il y a une grande boutique de souvenirs juste ici… Allons-y et tâchons de trouver quelque chose d'un peu plus du Sud.

Finalement, après quelques hésitations, nous pénétrons dans le magasin Harrods du terminal. Nous y déambulons pendant presque trois quarts d'heure. Ma mère opte pour une boîte à thé et trois tasses estampillées Harrods qu'elle aurait pu acheter avant-hier, lorsque nous étions dans le bâtiment d'origine de l'enseigne, sur Oxford Street. Je prends sur moi et j'ai presque l'air serein quand nous arrivons à la caisse.

Les affaires de ma sœur reprennent et elle répond à deux clientes. Ce voyage m'aura au moins appris quelque chose : Mélie a des patientes sacrément dans le besoin !

Après avoir fait quelques emplettes et bénéficié du duty free, nous nous décidons pour un chaï latte chez Starbucks afin de patienter jusqu'à l'embarquement.

Je fixe ma sœur avec intensité.

— Mélie, tu ne peux pas arrêter de répondre à tes clientes au moins une heure ? On va prendre l'avion dans pas longtemps.

— Elles apprécient le suivi personnalisé.

— Là, ce n'est pas du suivi, c'est de la dévotion.

— J'ai bâti ma réputation sur la dévotion.

Je lève les yeux au ciel. Je ne sais pas pourquoi je suis aussi contrariée, mais le fait est que je le suis depuis ce matin. Tout m'insupporte et je suis moi-même un brin insupportable, aujourd'hui. Je n'ai qu'une hâte, c'est de monter dans ce fichu appareil. Je jette un coup d'œil autour de moi. Le hall ressemble à une énorme fourmilière. Il est coupé en deux : d'une part, le rez-de-chaussée avec ses rangées de fauteuils marron ceinturés de magasins au nom prestigieux, d'autre part, le niveau supérieur accessible par des passerelles en partie transparentes que couvre un plafond incurvé, traversé de poutres en acier blanc.

Je m'empare de ma tablette et vérifie mes mails professionnels. Mélie a fini par me filer des scrupules. Ma mère feuillette une revue qu'elle a achetée plus tôt, ma sœur pianote sur son téléphone et nous plongeons peu à peu dans un silence nullement contrarié par le bruit ambiant.

Les minutes défilent, puis Mélie s'écrie :

— J'ai faim !

Je jette un regard dubitatif à ma génitrice qui n'a pas levé le nez de son magazine. Je réponds donc à ma sœur sur le même ton de révélation qu'elle :

— D'accord ! Alors, prends-toi un sandwich, ils en ont plein.

— Non, pas ceux-là, je ne les aime pas, me répond-elle, en tordant le nez quand je lui désigne le comptoir de Starbucks.

— Je te signale que tu en as mangé pas plus tard que la semaine dernière et je ne me souviens pas que tu n'aies pas aimé.

— Justement, c'est là que j'ai constaté que, finalement, je ne les aimais pas.

Je souffle :

— Bon, alors prends-en un ailleurs, ce n'est pas ce qui manque ici, on t'attend.

— Manger seule est source de stress. Tu sais ce que j'aimerais ?

— Non, mais je sens que ça va me plaire.

— Tu ironises, ma fille, intervient ma mère toujours plongée dans sa lecture, ça donne des boutons.

— L'ironie ?

— Et le sarcasme, aussi, je ne sais jamais bien faire la différence entre les deux, mais c'est de la même famille.

— Gordon Ramsay ! s'exclame alors Mélie.

— Hein ? Où ça ?

— Non, son restaurant.

— Ah…

Je cache difficilement ma déception. J'aurais été ravie de croiser le chef cuisinier le plus célèbre de la télévision et surprendre une de ses fameuses tirades hystériques. Il aurait de quoi les alimenter rien qu'avec le prix du café de l'aéroport. Je hausse les épaules.

— De quel restaurant parles-tu ?

Il en a des tonnes.

— Celui d'ici, répond-elle sur le ton de l'évidence, le Plane Food. Il se trouve au premier. J'ai lu qu'il servait des plats excellents et abordables.

— Tu veux vraiment qu'on y aille maintenant ?

— C'est typique, déclare Mélie solennellement.

Cinq, quatre, trois, deux, un...

— Ah ! Tu vois qu'il y a des choses *typiques* dans les aéroports, triomphe ma mère, saisissant la balle au rebond. Allons-y !

Nous traversons donc le hall et empruntons un escalator pour atteindre le niveau supérieur. D'ordinaire, j'aurais trouvé l'idée sympathique, mais j'ai beaucoup de mal à m'enthousiasmer et je m'en veux de me laisser grignoter par la mélancolie. C'est moi la meneuse, *c'est moi* l'impulsion de la famille. C'est mon rôle, je l'entraîne et jamais ne la laisse s'immobiliser. Cette fois, cependant, je manque de motivation et j'en éprouve une immense culpabilité.

— Stop ! s'exclame brusquement Mélie, le bras levé vers moi et les yeux rivés sur son portable.

Son exclamation me fait faire un bond et j'ai l'impression que ma tension vient de grimper. Plaçant par réflexe une main sur ma poitrine, je rétorque :

— Mais quoi, à la fin ?

— C'est là.

Nous sommes plantées en plein milieu d'une des passerelles qui traverse le premier étage.

— Sauf que *là*, y a pas de restaurant. Enfin, pas dans cette dimension, en tout cas. Pour les autres, je t'ai déjà expliqué que tu étais la seule à les voir.

Sarcasme, boutons. Je ferai un masque purifiant.

— Tourne-toi, m'ordonne gentiment ma sœur, de ce côté.

Je craque.

— Mélie, tu es sous acide ?

— Sous quoi ? demande ma mère.

— Sous acide, maman, c'est comme renifler un détergent industriel.

— Mélie, tu as reniflé de la Javel ? Quand ?

— Scarlett, regarde en bas et après on parlera de drogues, promis.

Je suis la direction qu'elle m'indique, non sans pester contre ses manœuvres théâtrales. Ma bouche s'entrouvre alors et se fige en une expression de surprise. Mes bras retombent le long de mon corps et j'avance de quelques pas. Je ne sais pas si je respire toujours, mais je sens que mon cœur se gonfle d'émotion. Juste en bas, dans le hall, au milieu des rangées de fauteuils, j'aperçois William, suivi de près par son frère. Je me retourne vers Mélie.

— Comment ?

Ma sœur agite son portable devant mes yeux, avant de m'annoncer sobrement :

— Thomas. Parfaitement synchrone.

J'avance encore, mais ma mère m'interrompt.

— Laisse-le venir à toi, ma fille, et tu verras si tu acceptes de danser avec lui.

J'obtempère et un sourire immense gagne mes lèvres. Je regarde William ; il se dirige dans ma direction. Il a une allure folle, à moins que ce soit finalement tout le romantisme inculqué par ma mère à coups de cassettes vidéo passées en boucle qui finit par me remonter dans les veines. La cadence de ses pas est assurée, mais pas suffisante. Un brin classieux, tout en gardant un soupçon de légèreté. Il gravit quatre à quatre les marches de l'escalator. Je ne peux détacher mes yeux de lui. Quand il est assez près pour que je puisse distinguer son regard, la fébrilité que je ressens se transforme en joie.

Une fois à ma hauteur, il s'arrête. J'oublie les gens qui nous entourent, *j'oublie* ma mère et ma sœur, *j'oublie* Thomas. Il n'y a plus que nous deux et ce que nous allons nous dire. J'ouvre la bouche pour lui poser une tonne de questions, excepté que rien ne sort. Je fais une nouvelle tentative et, finalement, je parviens à bégayer :

— Que… que fais-tu là ?

— En fait, j'ai acheté un billet au hasard pour pouvoir passer la sécurité et te rejoindre. Je crois que je suis censé aller à Accra.

— « Accra » ? Une chance que ça ait un rapport avec *acra de morue* ?

— Il me semble que ça a plutôt un rapport avec la capitale du Ghana, mais qui suis-je pour juger ?

— Il doit y faire meilleur qu'ici.

— Ce n'est pas difficile.

Il me fixe avec son sourire mutin, plein de sous-entendus et de mystère. Dès qu'il s'est trouvé près de moi, j'ai senti notre connexion si singulière se recréer. C'est comme si le fil invisible qui nous lie se reconstituait immédiatement après le premier échange. Nous sommes à nouveau ancrés l'un à l'autre. Quelques secondes de silence s'installent et je m'en délecte parce que je vois dans ses yeux qu'il n'y a que moi dans son paysage. Je suis son horizon, *tout* son horizon.

Il finit par faire remarquer tout bas :

— Alors, nous revoilà à la case départ.

— Oui.

J'hésite et finalement, je me lance :

— William, dis-moi, le jeu en valait-il la chandelle ?

Il place ses mains chaudes de part et d'autre de mon visage. Mon cœur s'emballe et je deviens plus fébrile.

— Je te demande pardon, susurre-t-il. Pardon de ne pas t'avoir plus tôt fait comprendre que le jeu en valait, qu'il en *vaut* la chandelle. Il le valait dès l'instant où tu as prononcé les mots « sièges bébés ». Il le valait dès l'instant où j'ai croisé ton reflet dans le miroir des toilettes pour hommes de cet aéroport.

Je souris.

— Je ne sais pas à quel moment j'ai pris la mauvaise route, poursuit-il, les pupilles remplies d'étincelles, mais j'ai cru qu'en m'éloignant de la lumière et en m'enfonçant dans mon obscurité, ce serait plus simple. Je fais ça depuis tant d'années ! C'est devenu familier. Mais tu m'as fait comprendre ce que je refusais d'admettre. J'en ai tellement assez de l'ombre, Scarlett, assez de batailler dans le noir et l'hiver. Je veux de la douceur, je veux de la chaleur. *Ta* chaleur.

Il marque une légère pause que je n'ose interrompre.

— Alors, j'ai fait ce que j'aurais dû faire il y a longtemps : le grand ménage. J'ai remis tout le monde à sa place et repris ma liberté. C'est ce qui m'a mis un peu en retard et m'a fait prendre un billet pour une ville que je sais à peine situer sur une carte.

— Il aurait été plus simple de me retrouver avant la sécurité.

— Enterrer ma mère m'a pris plus de temps que je le pensais.

Je laisse filer un rire discret et je n'en éprouve même pas de honte.

— Ecoute, reprend-il sur un ton plus grave et sérieux, même si je me suis débarrassé de ce qui bouchait mon horizon, j'ai toujours une famille de cinglés, mon frère a l'âge mental d'un enfant, ma grand-mère est en pleine crise d'adolescence, ma tante en dépression et comme je n'ai pas pensé à décapiter ma mère ou à lui enfoncer un pieu dans le cœur, il se peut qu'elle revienne parfois nous hanter. Mais j'ai envie de croire que tout ça n'est qu'un détail. Rien n'est réel et rien ne compte. Ce qui est *réel* et qui *compte*, c'est nous. Alors, j'ai pensé que tu pourrais me laisser glisser ma main dans la tienne et t'emmener avec moi.

— Où ? A Accra ? Parce que j'ai peur de ne pas être habillée pour.

Je sens son bras coulisser sur mes reins et me serrer contre lui. Il enchaîne avec plus de sensualité :

— On fait un tour et on voit où ça nous mène. On cesse de regarder derrière nous ou autour de nous, et on ne fixe que l'horizon. Ce n'est pas compliqué. En fait, ça ne l'a jamais vraiment été.

— Tu me demandes de tenter l'aventure ?

— Je te demande de rester avec moi, de ne pas me quitter des yeux et de ne pas lâcher ma main.

— Et le reste, on gérera…

— Ou on s'en débarrassera. Je viens d'acquérir un peu d'expérience en élimination de problèmes. Qu'en dis-tu ?

Remontant la main qu'il a de libre vers mon visage, il approche ses lèvres des miennes sans toutefois les toucher.

— Attrape ma main, m'ordonne-t-il contre ma bouche.

J'efface mon sourire pour m'emparer de ses lèvres. Sans réfléchir, je crochète ses doigts et je serre fort.

Je mets quelques minutes avant de prendre conscience d'une chose étrange et toute nouvelle pour moi : je viens de faire le vide dans ma tête. Enfin.

We wish you a merry Christmas…

— Bon, d'accord, vous ne croyez pas en Jésus, mais quand même, vous fêtez Noël, non ? demande ma mère à Moché, le petit ami de Thomas.

— Heu… en fait, les deux sont un peu liés, répond-il poliment.

— Pas de sapin, pas de cadeaux, pas de dinde ? Que c'est triste ! se lamente-t-elle, en lui tendant une nouvelle coupe de champagne pour lui remonter le moral.

Passant entre eux, je ne peux m'empêcher d'intervenir pour sauver ce pauvre garçon.

— Maman, rassure-toi, ils ont plein d'autres fêtes où on mange.

— En fait, c'est même un peu notre spécialité, précise Moché avec un immense sourire.

— Quand même, la bûche de Noël…

Je m'éloigne d'eux et me dirige vers la fenêtre de l'appartement de William. Nous avons finalement décidé de ne pas retourner en France, ni de nous rendre à Accra, mais plutôt de passer le jour de l'an à Londres. Il est minuit passé, nous sommes le 1er janvier, et William est toujours en face de moi, à remplir les verres des convives. Il me regarde et dans ses yeux je peux lire la certitude que notre « jolie histoire » dure encore. Le conte a survécu au jour de l'an et, à l'aube de cette nouvelle année, je me sens aussi impatiente que lorsque j'embrassais mes parents pour leur souhaiter mes meilleurs vœux.

Mélie et Thomas sont collés l'un à l'autre et, s'il n'était pas en couple et homosexuel, je pourrais jurer qu'il se passe un truc entre eux. Ma mère s'est mis en tête de convertir Moché à sa vision de Dieu et à sa propre Eglise, et Lizzie en rigole depuis presque une heure.

Cette nuit, comme la précédente, je m'endormirai dans les bras de William. Il me serrera fort et me dira que je n'ai aucune envie de rentrer chez moi. Il m'avouera même qu'il a tout prévu pour que ma séquestration se passe le mieux du monde et en accord avec la convention de Genève, car il est anglais : gentleman en toutes circonstances. Et je sourirai. Encore.

Lizzie vient de mettre de la musique. C'est du jazz, une petite musique d'ambiance comme on peut en entendre dans les ascenseurs. Je me retourne et regarde par la fenêtre. Il s'est remis à neiger, on dirait une carte postale. Le moment est parfait.

Non, pas *parfait*.

Je ressens soudain une émotion qui m'avait quittée

depuis la mort de mon père. Je peux enfin mettre un mot dessus, un mot qui colle impeccablement avec cette belle soirée, un mot tellement évident, presque magique : « simple ».

C'est un moment si simple.

… AND A HAPPY NEW YEAR !

Composé et édité par HarperCollins France.

Achevé d'imprimer en février 2017

BRODARD & TAUPIN

La Flèche

Dépôt légal : mars 2017

Pour limiter l'empreinte environnementale de ses livres, HarperCollins France s'engage à n'utiliser que du papier fabriqué à partir de bois provenant de forêts gérées durablement et de manière responsable.

Imprimé en France